MW01171142

UN BESO DE DESPEDIDA 2

Un Beso de Despedida 2 es creado por Oswaldo Molestina.

Todos los derechos reservados ©

ISBN: 978-9942-40-755-9

Este es un trabajo de ficción. Nombres, caracteres, lugares e incidentes son del producto de la imaginación del autor, o son usados de manera ficticia.

Autor: Oswaldo Molestina.

Editor: Vivi Ancira

Portada: Jose Luis Molestina

Fotografía: Isabella Gonzenbach

CAPÍTULO 1

EL RESTAURANTE

En un lujoso restaurante contemporáneo de la ciudad de Nueva York, en punto de las tres de la tarde, se encontraba Rick, escribiendo algo en su celular. Llevaba puesto un saco negro y una fina camisa blanca con los dos primeros botones sin abrochar. Como siempre, le habían asignado la mejor mesa para dos personas, con vista hacia los enormes ventanales que daban a la calle.

Rick se encontraba solo, miraba a los transeúntes pasar; gente que entraba y salía del museo de arte que estaba a media cuadra. Siempre le había gustado la vista, pero ahora parecía ansioso, ya que verificaba si había alguna nueva notificación en su teléfono, y miraba su reloj constantemente, como si esperara a alguien.

Luego de un tiempo, finalmente divisó a quien había estado esperando; una hermosa chica elegantemente vestida pasaba saludando frente al ventanal, mientras se dirigía a la entrada del restaurante.

Al verla, Rick se acomodó en su silla y se arregló rápidamente el saco, listo para recibirla. Cuando vio que ingresaba al lugar, se levantó de su asiento con una sonrisa, mientras su guapa invitada lo saludaba y se sentaba frente a él.

Ella miró a su alrededor y se sintió cómoda en ese sitio tan agradable. Estaban rodeados por siete mesas para cuatro personas, todas ocupadas. A pesar de los ventanales y la discreta iluminación que era parte de la decoración de cada mesa, la luz ambiental era tenue.

Rick y su bella acompañante se veían sentados, con la sonrisa en el rostro. A su alrededor, la gente conversaba alegremente; de hecho, se escuchaba el sonido de pláticas cruzadas; sin embargo, la mesa de Rick se mantenía en silencio. Rick estaba esperando escuchar algo.

Y fue ahí cuando se comenzaron a mover los labios de la elegante mujer que tenía enfrente: "Discúlpame Rick, por llegar tarde. La verdad, si algo no se me da, es la puntualidad, pero eso ya lo sabías, no es nada nuevo".

"No te preocupes Anne, sólo he estado esperando una hora", dijo Rick, con su clásica sonrisa con un dejo de ironía.

Anne sonrió apenada, "Discúlpame, de verdad. ¿Una hora? ¡Te prometo que estaba haciendo algo importante! Pero cuéntame, ¿a qué se debe esta sorpresa? Y no me digas que es para la devolución de los pasajes de luna de miel que nunca usaste..."

"No, no; eso fue hace mucho tiempo, por eso no te preocupes... aunque no estás tan alejada de la realidad".

Anne, quien era una exitosa mujer de negocios, segura de sí misma, lo miró a los ojos y le dijo: "Cuéntame Rick, ¿en qué problema te has metido ahora?"

"¿Problema? ¿Qué te hace pensar que estoy metido en un problema?"

Anne quería mostrar seriedad, pero no pudo evitar dejar salir una sonrisa mientras le decía: "Yo conozco esa mirada, sé que quieres que te ayude a solucionar algo; te conozco como a la palma de mi mano... no en vano eres mi ex".

Rick sonrió y le dijo: "En parte, algo de razón tienes..." Anne se acomodó en el sillón; "No me digas que esto es un tema que tiene que ver con Verona o con Sophia", mientras se cruzaba de brazos.

"Sí, es un tema con las dos, que creo tener ya solucionado".

"Ese creo no me suena como de alguien muy seguro del tema", dijo ella, y continuó: "Pero si me cuentas con detalle seguramente encontraré la forma de poderte ayudar".

Rick sonrió y le dijo: "Todo comenzó el día de mi boda; aquel día en que Verona no apareció por la iglesia..." Anne no pudo quedarse callada, "Me enteré que fuiste a buscarla al bar, fue un poco bajo de tu parte..."

Rick se defendió "Verdaderamente llegué por coincidencia; fue una de esas obras del destino..." No terminaba de hablar cuando apareció el camarero. "Disculpen, ¿les ofrezco algo de tomar?" Rick agarró la carta, miró a Anne y le preguntó "¿Te parece si pedimos una botella de vino?"

"Sí, por supuesto; te podría acompañar con un par de copas", dijo Anne mientras sonreía a Rick. El camarero, con una señal, llamó al catador. El hombre se acercó y preguntó con toda amabilidad "¿Alguna botella en especial?"

Rick, con seguridad, dijo "Tráeme la mejor botella de vino tinto que tengan". El camarero se acercó para mostrarle un vino en la carta. "¿Le parece bien esta botella? Es la mejor que tenemos". Rick vio el precio y volteó a ver al catador con una media sonrisa. "Quizás este otro me parece más apropiado".

"Muy buena elección", se retiró el catador. El camarero aprovechó para preguntar si estaban listos para ordenar. "No por el momento, vamos a seguir viendo la carta". El camarero asintió en silencio y desapareció.

"Dejemos de hablar un rato de mí", prosiguió Rick. "Cuéntame, ¿qué es de tu vida?" Ella desvió un poco la mirada y le contestó "Mi vida, bien... Todo bien, muy bien, todo normal". Rick, sonriendo, preguntó si estaba segura.

"Sí, ¿por qué lo dices?"

"Porque yo también te conozco Anne, y por la forma en que me respondes, sé que no todo está muy bien para ti". Ella mostró una media sonrisa y dijo, ahora con seguridad: "Pues te equivocas, Rick, yo estoy muy bien; el negocio va perfecto, todo muy bien".

"OK, sólo te digo que, si quisieras contarme algo, aquí estoy para escucharte".

Anne acercó su cabeza hacia Rick y, con una gran sonrisa le dijo: "Ah no… No, no, no… No vas a evitar contarme lo que te sucede, así que continúa, soy toda oídos".

Rick supo que Anne no quería conversar acerca de ella, pues la veía incómoda mientras esperaban la botella, así que se le acercó un poco y le dijo: "Como te decía, esa noche me iba de luna de miel, y quise hacer un último intento de conquistarla nuevamente; después de todo, ella no sabía de la luna de miel sorpresa que había contratado, y yo sabía que lo iba a apreciar".

"¿Y qué pasó? Cuéntame detalles…"

"Bueno, apenas entré al bar, recordé algo que me había dicho Sophia momentos atrás, mientras caminábamos por la noche…"

Caminaron por unos minutos en silencio. Sophia trató de ser la mejor persona posible para este momento, pero tampoco sabía cómo actuar, así que sólo esperó escucharlo cuando llegase el momento y así poder opinar y ayudar.

Después de un largo silencio, él le preguntó: "¿Qué hay de la luna de miel?"

"Deja de pensar en eso, después puedes cambiar los pasajes para otro destino, no pasa nada".

Rick volvió a quedarse callado. Sophia sabía que él necesitaba hablar, pero al mismo tiempo quería darle su espacio. Así que optó por darle un empujón con una estrategia que el mismo Rick tenía para estos casos.

"¿Te acuerdas años atrás, cuando no estabas de acuerdo con quien yo estaba saliendo, que decías que no me convenía?"

Rick la miró y sin decir nada, solo esperó que Sophia terminara de hablar. A lo que Sophia agregó, "Te costaba decirme las cosas, porque no querías herir mis sentimientos; sin embargo, eran cosas que necesitaba escuchar..."

"Sophia, él no te convenía..."

"Claro, eso ya lo sé, al menos ahora... pero ahí yo estaba confundida..."

"Él te estaba chantajeando emocionalmente", dijo Rick.

"Lo sé, me tomó meses reconocerlo. Pero ese no era el punto que te quería decir, más bien te quiero recordar lo que hiciste para que yo abriera los ojos".

"¡Cómo olvidarlo!" Y le salió una leve sonrisa.

"Incluso fingiste que no me conocías, hasta te presentaste de nuevo..."

"Sí, lo recuerdo", Rick sonrió.

"Bueno ahí agarraste fuerzas para decirme todo lo que pensabas, ¿no quisieras hacer lo mismo hoy, y poder conversar del tema?"

"Sophia de verdad gracias por el intento, pero en serio no estoy de ánimo para juegos... En mi cabeza en este momento sólo pasan todas las señales que no vi o no quise ver..."

Anne, sorprendida de lo que escuchaba, le dijo: "Entonces tú te hiciste pasar por otro; pero con tu mismo nombre... ¿Todavía usas esa estrategia? Conmigo también te resultaba, sólo para desviar culpas..."

"No, no...." dijo Rick, con una gran sonrisa. "Yo no me aprovechaba de la situación, sino que era la forma en que solía tomar fuerzas para poder expresar lo que sentía, sin la necesidad de que la otra persona estuviera furiosa conmigo...

Esa noche, de no haber usado ese método, pudimos habernos puesto sólo a discutir por el hecho de que no se apareció en nuestra boda. Créeme, no estaba para pelear luego del colapso nervioso que tuve momentos atrás frente a cuatro maleantes..."

Por casi una hora, Rick le fue relatando a detalle todo lo sucedido aquella noche en el bar. Anne lo escuchaba con atención, sonriendo ante la forma en que Rick le contaba su historia.

Después de un largo rato de estar conversando, Anne le interrumpió "Ok, déjame ver si estoy clara en algo..." Rick, la miró a los ojos. "Sophia, siendo la mujer más puntual que conozco, se demoró porque estaba buscando su pasaporte; mientras que Verona, siendo la más indecisa de todas, obviamente no se decidía aún..."

Luego de una pequeña pausa, Anne agregó despreocupadamente: "¡Por eso te dejé!", mientras lo miraba sonriente. "¿Por eso me dejaste? No es como yo lo recuerdo", dijo Rick.

"Eres una persona que vive situaciones increíbles; sólo a ti te pasan esas cosas, y es que, aunque andas por la vida como si todo fuera sencillo, realmente eres muy complicado".

Rick sonrió, "Sí, fue un poco más complicado. Pudo haber sido algo tan sencillo como el ir con quien llegara primero, pero resultó que llegaron las dos y yo terminé tomando la decisión equivocada".

"Y ¿qué decisión tomaste?"

Rick se tomó su tiempo para servir un poco más de vino tinto y continuó relatando a detalle cómo terminó ese día en que nunca amaneció...

Rick estaba con Verona en el bar... Miró la hora y comenzó a arreglarse, pues sabía que en cualquier momento llegaría Sophia, y mientras alistaba sus cosas, no apartaba la mirada de los ojos de Verona.

"El destino me trajo aquí, y estoy aquí contigo. Y cuando pudiste haberte ido, no lo has hecho. Sigues aquí..." Rick agarró el sobre con los dos pasajes. "El tren de las oportunidades pasa una vez..."

"¡Pero es una idea loca!"

"Cuando alguien comete locuras es porque es la persona correcta. Yo en este momento te estoy proponiendo un nuevo comienzo; una nueva vida", dijo Rick, mientras veía alrededor con los brazos abiertos, mostrando el lugar.

"Necesito al menos pensarlo..."

"No te queda mucho tiempo, en cualquier momento va a partir el avión".

"Veo que conmigo no deberías usar el ejemplo del tren, sino más bien del avión de las oportunidades", sonrió Verona.

Rick sonrió, y a Verona se le fue la sonrisa y dijo "pero no tengo ni ropa, ni maletas, no tengo nada..."

"De eso no te preocupes, yo me encargo de todo."

"¡Es una locura!"

"Lo sé..."

Y en ese momento sonó el celular de Rick.

Y mientras el celular sonaba, los dos se miraban a los ojos, y ella interrumpió esa mirada diciendo: "Contesta, debe ser Sophia..."

Y Verona salió de la parte de atrás del bar, y como ya estaba llegando Sophia, sabía que era hora de cerrar el lugar. De inmediato comenzó a realizar todas las reglas del cierre del establecimiento, y mientras lo hacía, imaginó ese viaje de luna de miel sorpresa.

Y pensó que igual había algo entre ellos dos, una química, una atracción, un deseo de acercamiento, quizás no iba a durar, pero nadie quitaría lo vivido; el buen momento, las vacaciones... Y comenzó a verlo como un posible nuevo comienzo.

Rick contestó el teléfono "Sophia, ¿por dónde estás?"

"Ya estoy llegando, ¿puedes ir saliendo? Creo que todavía no son las seis..."

Rick miró el reloj y, extrañado, se dio cuenta que era la hora. "Ya son las seis Sophia".

"Es raro, pero todavía no ha amanecido, y está completamente oscuro".

"Maneja con cuidado, pero ven rápido por favor."

Rick guardó el teléfono, y mientras veía a Verona terminando de arreglar el bar, le dijo: "Es hora de irme..."

Verona levantó la mirada.

Y mientras caminaba hacia la puerta, dio media vuelta y le dijo:

"¡Estuviste fantástica!"

Ella se quedó callada unos segundos y dijo en voz muy baja "goodbye..."

Él se le acercó, la tomó fuertemente en sus brazos y la besó. Fue un beso apasionado, muy intenso, de esos que no se olvidan. Un beso que por un momento todo transformó en locura. Al comienzo ella estaba paralizada, pues la tomó totalmente por sorpresa y poco a poco fue cerrando los ojos, dejándose llevar, hasta el punto que se desconectó de todo lo que sucedía y fue como si se detuviera el tiempo....

Verona ni siquiera se dio cuenta que ya se habían dejado de besar y seguía sintiendo esa química; esa atracción.

Rick se dirigió a la puerta y le enseñó los pasajes una vez más.

Y ella le dijo, casi en silencio y moviendo la cabeza en forma de negación, "no puedo..."

Rick salió del bar y cerró la puerta.

Verona se quedó pensando por unos minutos. No sabía qué hacer, sólo buscaba respuestas, y ninguna respuesta le llegaba.

Se dirigió atrás del bar, agarró los cien dólares que le habían dado de propina. Miró a su alrededor buscando respuestas, pero sólo encontraba más preguntas.

Miró a la caja registradora y ahí descifró su respuesta. Se le comenzaron a salir las lágrimas... Ella ese día no tenía su celular.

Verona sabía que había pasado mucho tiempo. Quizás el tren de las oportunidades partió, quizás no. Quizás volvería a pasar más adelante bajo otras circunstancias, quizás no.

Pero ella jamás lo iba a saber si no lo intentaba.

Rápidamente agarró todas sus cosas y sin pensar, se dirigió a la puerta del bar, cerró con llave y corrió atrás de Rick, esperando encontrarlo.

Dejando olvidado en la caja registradora...

Su anillo de compromiso.

Anne, impactada, le preguntó: "¿Entonces qué hiciste?" Pero el catador los interrumpió al acercarse para rellenar sus copas.

Ella alzó su copa y dijo alegremente: "Por nuestros problemas..." y lo miró a los ojos. "¿No que no tenías problemas?" Sonrió Rick, mientras chocaban sus copas.

Anne, tratando de evadir el tema, comentó "Está delicioso el vino; muy buena elección".

"Es uno de mis favoritos", dijo él. Anne miró la botella tratando de memorizar la etiqueta y preguntó "Y entonces, ¿qué hiciste?"

Rick supo que ella aún no estaba lista para hablar de su problema, así que dijo: "Espera, no he terminado..."

Rick salía del bar, vio a los cielos, y se dio cuenta que todavía seguía oscuro, vio su reloj nuevamente, y sólo pensaba que Sophia venía atrasada.

Y fue ahí cuando llegó.

"Rick, ¿estás bien?" Le preguntó Sophia.

Rick se sentó en el carro y mientras veía el bar del hotel, sólo pensaba que dejaba atrás a la persona con quien creía que compartiría el resto de su vida.

Rick, evasivo, le dijo, "Llévame al aeropuerto por favor, mientras menos preguntes, mejor..."

Sophia sabía que ahí trabajaba Verona, y estaba consciente de que Rick había hecho lo imposible por tratar de estar con ella, pero al parecer Verona había tomado su decisión.

Era turno de Sophia, y ella no iba a dejar pasar esa oportunidad. Sophia arrancó el carro y fue directo hacia el aeropuerto. Durante el camino, trató de conversar con prudencia, Rick no era el de siempre... Después de unos cuarenta minutos, estaban llegando a su destino.

Dejaron el auto en uno de los estacionamientos del aeropuerto y avanzaron directo a comprar el boleto de Sophia. Ella estaba feliz de que finalmente iba a estar con Rick, ese viaje sería la oportunidad para ellos dos como pareja.

Estaba segura de que era lo correcto, lo merecía. Además, era una mujer calculadora, estratégica. Cuando quería algo, lo conseguía porque lo conseguía, sin importar cómo.

En este caso no eran las circunstancias ideales, pero sentía que merecía tener finalmente esa oportunidad. Además, bastaría con despegar en ese avión y ella se encargaría de hacerle olvidar todo lo que había tenido que pasar; lo conocía tanto que estaba segura de que serían felices, aunque en ese momento no se veía esa felicidad.

Rick recibió los nuevos pasajes y los puso dentro del pasaporte de Sophia. "¿Lista?" le preguntó, estando a punto de pasar hacia las salas de espera. "Lista", respondió ella, impaciente por ingresar.

Sophia irradiaba felicidad, pero cuando volteó, la sonrisa desapareció de su rostro. "Rick…", dijo con un tono de voz casi inaudible. Rick estaba buscando su pasaporte entre la maleta, pero al escuchar el tono de Sophia, volteó de inmediato.

Por un segundo se quedó paralizado…

Era Verona.

"Sophia", dijo ella. "Verona", saludó Sophia, helada.

"¿Qué haces aquí?", intervino Rick.

Verona, sin intentar disimular su furia, dijo: "Veo que Sophia no pierde el tiempo; si yo no iba, estaba lista para acompañarte a nuestra luna de miel".

Sophia, indignada ante el comentario, quiso responderle lo que se merecía; pero en ese momento sonó su celular… Era Christian, que estaba reclamando su teléfono. Sophia le prometió que ella personalmente lo recuperaría y haría que le fuera devuelto.

Mientras tanto, Verona hablaba con Rick y le decía que ella estaba dispuesta a intentarlo. De reojo, vio que Sophia estaba terminando la llamada, y lo miró fijamente: "Rick, las cosas son muy sencillas; es ahora o nunca…"

En eso, Sophia terminó su conversación con Christian, volteó hacia Rick, para escuchar las últimas palabras de boca de Verona:

"...Es Sophia, o yo".

CAPÍTULO 2

EL ANILLO

Eran las seis de la mañana del 14 de febrero del 2001.

Rick contestó el teléfono "Sophia, ¿por dónde estás?"

"Ya estoy llegando, ¿puedes ir saliendo? Creo que todavía no son las seis..."

Rick miró el reloj y, extrañado, se dio cuenta que era la hora. "Ya son las seis Sophia".

"Es raro, pero todavía no ha amanecido, y está completamente oscuro".

"Maneja con cuidado, pero ven rápido por favor".

Rick guardó el teléfono y salió del bar, vio a los cielos y se dio cuenta que todavía seguía oscuro. Vio su reloj nuevamente y sólo pensaba que Sophia venía atrasada.

Y fue ahí cuando llegó.

"Rick, ¿estás bien?", le preguntó Sophia.

Rick se sentó en el carro y mientras veía el bar del hotel, sólo pensaba que dejaba atrás a la persona con quien creía que compartiría el resto de su vida.

Rick, evasivo, le dijo, "Llévame al aeropuerto por favor, mientras menos preguntes, mejor..."

Sophia sabía que ahí trabajaba Verona, y estaba consciente de que Rick había hecho lo imposible por tratar de estar con ella, pero al parecer Verona había tomado su decisión.

Era turno de Sophia, y ella no iba a dejar pasar esa oportunidad. Sophia arrancó el carro y fue directo hacia el aeropuerto. Durante el camino, trató de conversar con prudencia, Rick no era el de siempre, pero ella necesitaba saber...

"Rick..."

"Dime Sophia", contestó, con la mirada perdida en el asfalto. "¿Por qué me besaste?, preguntó ella. Rick la volteó a ver. "Era un último beso de despedida".

"No, no fue eso, fue algo más", dijo ella.

"Nada que no haya sucedido antes. Lo dices como si fuera la primera vez que nos besamos... ¿O es que acaso no recuerdas que dormí en tu departamento la noche anterior?"

"Pero eso era diferente... para mí era una bonita forma de despedirme", dijo ella, apenada. "Quizás por eso me dejó, en el fondo sabía que yo era un mal tipo".

"No lo eres Rick, y lo sabes... Pero cuando se trata de amor, a veces uno comete locuras", dijo Sophia. "Lo sé; terminé en el bar del hotel, haciéndome pasar por alguien más, como si ella no me conociera..."

"¡No te puedo creer que le hiciste eso! ¿Es que no te cansas?" Sophia sonreía mientras se imaginaba la situación.

"Oye, fue una buena estrategia; es más, por un momento casi resulta. Casi la convenzo de que viniera conmigo y gozara su luna de miel sorpresa... Con decirte que hasta nos dimos un último beso".

"Veo que te has estado dando algunos besos de despedida..." Rick miró a Sophia y, con una ligera sonrisa, dijo: "Siento algo de celos de tu parte... ¿Sí te acuerdas que yo me iba a casar con esa mujer ayer?"

"Sí, sí, no me recuerdes, que lo que pasaste ayer fue algo realmente terrible para cualquier ser humano".

"Con respecto a eso, gracias Sophia..."

"¿De qué?", preguntó mientras conducía.

"Gracias por estar siempre ahí para mí; me acompañaste hasta el final..."

Ella sonrió. "Bueno, no hasta el final; hasta que me lo permitiste... ¿O es que no te acuerdas que me enviaste a mi departamento mientras tú ibas a tratar de regresar con Verona? Pero no quiero desviarme del tema, no me has dicho tus intenciones con ese beso que me diste en la limosina..."

"Fue diferente", le dijo, y luego hizo de una larga pausa, agregó "¿Tú también lo sentiste así?"

"Sí, fue inusual. Lo sentí un poco más romántico, menos pasional... sólo sé que después de todo lo sucedido, lo necesitaba", dijo ella.

"Bueno, no sé de qué estás hablando, pero definitivamente fue un buen beso. Y sí, fue diferente..."

Dicho esto, ambos permanecieron en silencio los quince minutos que restaban de camino; y cuando estaban por llegar al aeropuerto, Rick le dijo: "Sabes, quisiera retomar el tema de que te vengas conmigo..."

"Rick, sabes que no te dejaría solo cuando me necesites; por eso traje mi pasaporte, pero en serio no tengo nada... No tengo maletas, ni pasajes... porque esos boletos que tienes eran para ustedes dos".

"Bueno, pero eso se puede solucionar comprándolo", dijo Rick.

"Dada la premura, va a salir carísimo".

"No te preocupes, el novio paga", rio él. "No es gracioso Rick; pero al menos estás intentado ser tú...", le reconoció Sophia.

"No creas que no sigo golpeado".

"Y así estarás por unos tres meses, pero ya volverás a adquirir tu ánimo de siempre y conseguirás a alguien que de verdad te sepa valorar".

"Sí, ¡quién sabe dónde me la pudiera encontrar! Podría incluso estar a mi lado sin que me haya dado cuenta..."

Sophia sonrió al escuchar la indirecta de Rick, y, mientras conducía hacia al área de estacionamientos, recordó lo sucedido cuando iban de camino a la iglesia.

Febrero 13 del 2001 - (La noche anterior).

Mientras Rick se arreglaba en un departamento ubicado en los mejores complejos de la ciudad, y uno de los más costosos de Nueva York, se miraba en el espejo y notó que su reloj marcaba las siete de la noche. "Estoy tarde", dijo, mientras se cepillaba los dientes y mostraba una gran sonrisa en su rostro. Tenía puesta la música a todo volumen; al irse afeitando, disfrutaba cada segundo, pensando "he esperado con ansias este día".

"¿Ya estás listo?" Se escuchó a una mujer desde otro cuarto.

"No Sophia, aún no..."

"Vas a llegar tarde; y nadie quisiera llegar tarde. No pienso ser la responsable de que no llegues a tiempo..." Mientras estaba Sophia esperando en la sala del departamento, dejó sus copias de la llave del departamento de Rick en la mesita, a lado del sofá.

"No voy a llegar tarde, tengo todo calculado; así que tranquila..."

"Yo siempre he sido puntual. No me gusta llegar ni un minuto tarde", decía Rick, mientras se terminaba de afeitar.

En eso apareció su cara a un lado de la puerta, viéndola a ella. "¿Sophia? ¡qué guapa estás!" Mientras la veía en un elegante vestido negro, con un collar de brillantes que nunca le había visto, y con un maquillaje tan perfecto que casi ni la reconoció.

"Gracias", dijo sonrojada Sophia. "Lástima que no puedo decir lo mismo de ti. ¡Vístete rápido!"

Rick salió del cuarto con su pantalón puesto y una toalla sobre sus hombros.

Sophia se quedó callada y al verlo, le dijo como nerviosa, "Rick, vas a llegar tarde, ya todos tus amigos están ahí..." Y ella comenzó a dirigirse al ventanal de la sala.

"Sophia, no va a pasar nada mientras que el padrino no haya llegado", y mientras lo decía, una sonrisa le volvía a salir en su rostro. Él estaba tan feliz, que nada parecía preocuparle...

Sophia sonrió, "Jamás entenderé por qué me escogiste a mí como tu padrino, teniendo a cualquiera de tus amigos... Pudiste haber escogido a Christian..."

"Sophia, es verdad que cualquiera de mis amigos pudo interpretar ese papel; sobre todo, Christian. Después de todo, ellos son como mis hermanos, pero ninguno es mi mejor amiga como tú lo has sido".

Sophia sonrió. "Sí, yo soy tu mejor amiga y eso te ha costado tu despedida de soltero".

"Bueno, igual la despedida de soltero es un evento más para los amigos... en algunos casos..."

"¿Y en el tuyo?"

"No, yo hoy me voy a casar con la mujer de mi vida. No necesitaba despedirme de nada; ya suficiente he vivido..."

"Me lo dices a mí. ¡Siempre fuiste terrible!"

"Bueno, pero era un hombre soltero, estaba justificado..."

"¿Quieres apurarte? ¡Ve y termina de vestirte ya!"

"Bueno, bueno..."

"Vas a llegar tarde, en menos de una hora te vas a casar y sigues aquí, desperdiciando el tiempo conmigo..."

Rick regresó del cuarto y le dijo "Nunca he desperdiciado el tiempo contigo. Cada segundo que conversamos lo vale".

Sophia esperó afuera del cuarto mientras Rick se terminaba de arreglar. Habían pasado diez minutos cuando Sophia vio angustiada el teléfono. "¡Apúrate! Ya el carro que nos va a llevar está esperándonos abajo".

En ese mismo momento se abrió la puerta y salió Rick vestido.

"Estoy listo", dijo; mientras Sophia se quedaba impactada de verlo tan apuesto. Sus expresivos ojos verdes brillaban especialmente ese día, tanto que tuvo que contener el aliento y voltear disimuladamente a otro lado.

En ese instante pasaron imágenes por la cabeza de Sophia. Imágenes que no debería pensar, recuerdos que en ese momento era mejor evitar. Ella sólo deseaba lo mejor para él, sin embargo, no estaba segura de que él estuviera haciendo la mejor elección, sobre todo siendo para toda la vida...

"¿Cómo me veo?"

Sophia volvió en sí, se le acercó y mientras le arreglaba el corbatín, le dijo: "¡Como un hombre que está a punto de casarse!"

Él se le quedó viendo, y Sophia le dijo: "Vamos, vamos... no perdamos más el tiempo, ya nos deja el carro. Por cierto; te dejé las copias de las llaves de tu departamento en la mesa, para que de una vez las tengas".

"Pero son tus llaves..."

"A partir de hoy, son de alguien más..."

Los dos se dirigieron al ascensor, aplastaron el botón para bajar, y esperaron sin decir una sola palabra. Se abrió la puerta del elevador, entraron, y mientras bajaban los cincuenta pisos, se sentía un incómodo silencio.

"¿Estás nervioso?", le preguntó Sophia mientras lo veía muy tenso.

"No, todo tranquilo."

Sophia sonrió, "¿Cómo me vas a decir que no estás nervioso?, te conozco tanto, que sé que lo estás..."

"Pues te equivocas, no lo estoy."

"Sí claro, bueno es normal..."

"¿Qué es normal?"

"Que estés nervioso", dijo ella. Y vio que Rick tenía la mirada perdida...

"Sí ves, ¡estás tan nervioso que ni me escuchas!" Y Sophia se puso en frente de él y le regaló una enorme sonrisa.

"¿No deberías decirme las palabras de todo padrino?"

"¿Palabras de todo padrino? ¿Qué se supone que es eso?"

"Claro, tú deberías decirme: Si no estás listo para casarte, tengo listo el carro para salir de aquí y escaparnos".

"Ah, ¡yo tengo que decirte eso!" y sonrió mientras pensaba que sólo eso le faltaba.

"No decirme, más bien preguntarme..."

"Bueno, ¿y estás listo para casarte?... porque resulta que nos vamos a subir en un carro con chofer camino a tu boda..."

"¿Qué tipo de carro contrataste?"

"Una limosina. ¿Por? ¿Querías algo especial?"

"Una limosina... Ya sólo faltaba que dijera en algún lado *Recién Casados*", rio Rick.

Sophia se quedó callada.

"No me digas que le hiciste poner eso", dijo Rick, con una sonrisa sobre su cara.

"Pero no tiene nada de malo!", reía Sophia.

"Bueno, bueno..."

La conversación se interrumpió mientras se abrían las puertas del ascensor. Sophia y Rick se dirigieron al carro; en el camino, el conserje y el porta-maletero lo iban felicitando, y saludaban a Sophia con todo respeto.

Llegando al carro, el porta-maletero le abrió la puerta. El novio se hizo a un lado y le dijo a Sophia: "Las damas primero..." Ella sonrió, mientras entraba a la limosina, y en tanto él se acomodaba, le dijo: "Estoy listo para casarme, más que nunca... ¡Lástima que no tuve mi despedida de soltero!"

Sophia lo volteó a ver con una cara... "Bobo."

Los dos sonrieron.

Cerró la puerta del carro.

Les tomó cuarenta y cinco minutos llegar a la iglesia. El tráfico estaba insoportable, pero lograron llegar faltando cinco minutos para las ocho de la noche. Al salir del carro, el novio estaba lleno de felicidad, pues ya sólo faltaban cinco minutos para ver a la novia y poder contraer matrimonio con ella.

"Bueno, ¿tienes todo listo?"

"¿Así es, ¿tú?"

"Sí, aquí tengo los anillos".

"Y también tengo esto", y de su smoking, sacó Rick un sobre, mientras sonreía como un niño pequeño.

"¿Y qué es eso?" Preguntó Sophia, mientras todos sus amigos escuchaban atentamente.

"Bueno, son dos pasajes sorpresa para la mejor luna de miel que he programado para ella".

"Pero tú sabes que a ella no le gustan las sorpresas, además ¿No le habías dicho que por motivos de trabajo sólo se iban a Los Ángeles?"

"Así es, yo mismo compré los boletos con ella, por un periodo de tres días".

"¿Entonces?"

"Bueno, esa misma tarde llamé a Anne y cambié las fechas de regreso", dijo Rick, feliz.

"Y ¿por cuánto tiempo te vas?"

"Un mes..."

"¿Un mes?"

"Si quieres hablamos con Anne y compramos otro pasaje más", le dijo con un tono de ironía. "¡Que estúpido que eres!" Mientras ella sonreía, los amigos le festejaban la broma.

Y en ese momento sonaron las campanas dando las ocho en punto.

Sophia les dijo a todos sus amigos en común, "¡Ya vayan a sus lugares, que en cualquier momento llega la novia!" Todos abrazaron una vez más al novio y se fueron a sus puestos.

El último amigo que estaba por ingresar, Christian, se viró y le preguntó, "¿estás seguro? Tengo el carro atrás..."

Los dos se echaron a reír, y Rick le dijo: "¡Nos vemos en la fiesta para tomarnos todo lo que podamos!" Christian lo vio feliz, "¡Claro que sí!" Y se siguieron riendo hasta que entró a la iglesia. La Campana dejó de sonar.

Antes de la novia, sólo faltaban de entrar Sophia y Rick. Mientras todos los observaban, ellos conversaban en la puerta de la iglesia.

"Discúlpame por portarme como un patán diciéndote lo del tercer pasaje", dijo Rick.

"Tranquilo, yo te entiendo; tienes que quedar bien con tus amigos..."

"¡No es eso!" Se rio Rick. "Pero la verdad así hablamos entre nosotros, no significa que seamos patanes, al menos nunca delante de una mujer".

Sophia, seria, se le quedó viendo... "¿Y yo qué?"

"Bueno, tú eres Sophia, eres especial..."

Sophia hizo una pausa y le preguntó: "¿Estás seguro?"

"Sí, seguro que eres especial para mí."

"No, me refiero a que... ¿Estás seguro?" Mientras ella miraba la entrada de la iglesia.

"¡Más que nunca!"

"¡Ve y se feliz!" Ella sonrió.

Rick le dio un tierno beso de despedida en la mejilla, y mientras iba entrando a la iglesia, le dijo, "Gracias... Gracias por ser como eres. Nunca cambies; por eso eres mi mejor amiga, por eso eres mi padrino, o podría decir, ¿madrina?"

Ella sonrió, le agarró la mano, y con la otra le señaló el altar.

Y mientras él la soltaba e iba caminando hacia el altar, ella en voz baja dijo:

"Gracias a ti", y trató de contener una lágrima.

Anne realmente disfrutaba escuchar la historia desde el punto de vista de Rick. "Bueno, ¿y qué opinas?", le preguntó.

"Pues no lo sé", dijo ella. "¿Cómo no lo sabes? Si te he contado todo", rio él.

"Es que al escucharte podría decir que tienes toda la razón, que fuiste una víctima de las circunstancias; pero seamos sinceros... te conozco Rick. Y, a pesar de que sé que dices la verdad, para saber lo que realmente sucedió necesitaría también oír qué dicen ellas..."

"Claro, el juez necesita escuchar las tres versiones para lanzar su veredicto", dijo Rick con cierta ironía. Anne se sonrojó un poco; "No me malinterpretes, conozco a Sophia, no soy su amiga, pero sí soy amiga de Nicole, que conoce a Verona... Es más, ni siquiera le dijiste a Verona que soy tu ex... ¿por qué?"

"Bueno, se lo dije en el bar..."

"¡En el bar! No, Rick, sabes que nunca fuiste sincero con ella, en cambio, con Sophia fuiste demasiado sincero..."

Rick se movió ligeramente hacia adelante, "¿Qué quieres decir con eso?", le preguntó. Anne movió la cabeza como negación, "Rick, ¿de verdad crees que no sé que tuviste tu despedida de soltero con ella? ¡Habría que ser muy ingenua para no darse cuenta!"

"Anne, a veces la gente inventa cosas, sólo por diversión..."

Ella insistía; "Es más, hasta me puedo imaginar que se besaran en el carro de los novios camino a la iglesia... claro, que eso sólo lo podría confirmar al verla llegar; pues incluso si se retocara el maquillaje, se notaría en su lápiz labial".

Rick se remitió a decir "Cree lo que quieras, pero no fue así..." Y, al verlo ofendido, Anne cambió el tema. "Bueno, no te creo, pero sígueme contando... ¿por quién te decidiste en el aeropuerto?"

Rick sonrió ligeramente. "Bueno, ya con los pasajes de Sophia y listos para ingresar al puerto de salida, escuché que dijo mi nombre en un tono serio, casi tétrico... Yo estaba en ese momento buscando mi pasaporte, pero al oírla volteé, y ahí estaba Verona".

"¡Entonces sí llegó a tiempo!", dijo Anne, con una gran sonrisa. Rick, intrigado, le preguntó "¿Cuál es la emoción?, si tú ni la conoces..."

"Es que esto es como una novela romántica, bueno, sígueme contando..." Rick prosiguió: "Bueno, cuando vi a Verona y Sophia juntas, me quedé paralizado. Me sentí como un ladrón agarrado por la policía".

"Claro, y lo que te estabas robando era el corazón de ambas... pobrecito...", dijo irónicamente Anne. "No es gracioso, para mí fue muy incómodo", decía él, conteniendo la sonrisa.

"Y para ellas, ¿es que no te has puesto a pensar en ellas? Tu incomodidad no era nada en comparación a lo que ellas estaban sintiendo en ese momento... Tú no amabas a nadie, pero ellas te amaban a ti".

"Yo, estaba confundido", dijo Rick, en un tono sincero.

"Excusas; mejor continúa antes de que me vaya de aquí, sólo me quedo para saber cómo termina esto...", dijo Anne. "Bueno, ellas se saludaron secamente, diciendo sus nombres... escuché Sophia, por aquí, luego Verona..."

"Demasiado drama", interrumpió Anne. "Sólo faltaba un Anne por ahí", dijo riendo. Rick, que percibió la intención, sonrió y le dijo "¿Estás coqueteando conmigo?"

"No, estoy tratando de descubrir cuáles son tus intenciones de haberme invitado hoy..."

Rick la miró a los ojos y le recordó "Tú eres mi ex, y sabes bien lo que pienso de una ex..."

"Sí, sí... Una ex lo es por algo... Pero antes que tu ex, también era tu amiga, de hecho, tu mejor amiga; tu sabes, como Sophia..."

"Sí, lo sé..."

"Sólo que me dejaste olvidada, ya sabes, según tu *modus operandum* de manejar a tus mejores amigas..."

"Tú siempre serás mi mejor amiga", le dijo Rick. Por supuesto, eso ni Verona se lo creería. "No, Rick, las mejores amigas no existen...", le dijo Anne, un tanto triste.

"Además, eso que dices de manejar a mis mejores amigas; nunca fue a propósito, ni programado... simplemente a veces uno se confunde".

"Pobrecito", dijo Anne irónicamente.

En eso, el camarero se acercó "Disculpen, ¿están listos para ordenar?"

"Sí, yo ya sé lo que voy a pedir", dijo él, mientras Anne tomó nuevamente la carta para ver rápidamente qué pedir. "Quizás necesiten más tiempo para ordenar..." Sugirió el camarero. "No, no, ya estoy lista... Me gustaría de entrada un coctel de camarones, y como plato principal el steak, por favor".

"¿Cómo quisiera el steak?"

"Tres cuartos, muchas gracias". El camarero miró a Rick, "Y, ¿para usted?", preguntó. "Yo también el steak, pero el mío bien cocido, y acompañado de papas fritas". "Para mí con ensalada", aclaró Anne.

"Y, ¿quisiera alguna entrada?" Rick le pidió el clam chowder, y el camarero asintió y se retiró.

"Ese era el plato favorito de mi ex", dijo Anne, un poco apenada. Rick supo que era el momento de escuchar, pero debía hacer la pregunta... "¿Algún mejor amigo que no me hayas contado?"

"¡Ni me hables de ese desadaptado!"

Definitivamente no era aún el momento, así que Rick tomó la copa de vino, la levantó y dijo "Por nosotros…" Anne alzó su copa, y al brindar con Rick lo miró a los ojos y le dijo "Por ti…"

Bebieron la copa y Rick continuó con la historia…

"Bueno, como te iba contando… En eso, el teléfono de Sophia sonó y, mientras se hacía a un lado para tomar la llamada, Verona me dijo que las cosas eran muy sencillas, que tenía que elegir entre Sophia o ella…"

Rick degustó otro sorbo de su copa de vino. Anne sonrió y le dijo: "Te encanta el drama, ¿no me puedes decir de una vez, antes de tomarte ese sorbo, con quién te fuiste? ¡¿Qué decidiste?!"

Rick sonrió y dio otro sorbo más.

Anne, desesperada por sacarle la información más rápido, le preguntó "¿Entonces te fuiste con ella?" Rick no dejaba de sonreír. "No, afortunadamente fui salvado por la campana".

"¿Salvado por la campana?"

"Ese fue el día que hubo un problema con el tiempo… Tú sabes, permanecía todo oscuro y decidieron cancelar todos los vuelos".

"¡Qué conveniente! Esas cosas que te pasan sólo a ti. Pero entonces, ¿qué pasó con Verona y Sophia?"

"Cada una se fue por su lado…"

"¡Ya dime bien! Tú, ¿con quién te fuiste?"

"Yo me quedé en el aeropuerto. Dejé que las dos se fueran y tomé un taxi a mi departamento, a pensar… Fue un día muy intenso el que tuve".

Anne ya no quería preguntar, pero su curiosidad la mataba. "Pero ¿qué pasó después?", dijo al fin. "Después tomé una decisión…"

Y mientras decía esto sacaba de su chaqueta un anillo…

"¿Vas a pedir matrimonio nuevamente? ¿A quién?"

"No, en realidad fue una decisión un poco más drástica..."

"¿Qué pasó? Deja el drama, ¡cuéntamelo ya!"

"Yo, ...me casé..."

CAPÍTULO 3

EL VESTIDO DE NOVIA

Sofía estaba por estacionarse en el aeropuerto, y mientras buscaba un lugar disponible, se dio cuenta de que Rick se había quedado completamente dormido.

Al mirarlo sintió una profunda paz, por un momento se olvidó de todo, estacionándose en automático. Sentada en el lugar del conductor, con las llaves en su mano, se quedó mirándolo, y al verlo sonreía de tenerlo a su lado. Sophia pensaba que había hecho bien en llevar su pasaporte, ya que estaba decidida a aceptar la propuesta de Rick.

Pero, así como lo veía llena de felicidad, también recordó lo difícil que había sido el día anterior para ambos.

Cancelar la boda no había sido nada fácil para él, lo veía finalmente descansando y recordaba lo duro que había sido aceptar la realidad en la iglesia.

Recordó la forma en que le había gritado a Christian, su mejor amigo; y ahí se acordó que él la había dejado encargada de cuidar su celular cuando se lo había prestado a Rick.

"¡Casi lo olvido!", pensó, y metió la mano en el saco de Rick, sacó el celular de Christian y lo guardo en su bolso. Luego miró al cielo, checó la hora, era demasiado extraño que aún no había amanecido.

Confirmó que todavía tenían tiempo para entrar a registrarse en el vuelo y quiso dejar que Rick descansara un poco más. "Duerme, aprovecha a recuperarte un poco", le dijo en voz baja, como para sí.

Sophia lo vio profundamente dormido, le hizo un poco el asiento hacia atrás, sonrió, acarició su pelo y se puso a recordar la felicidad que irradiaba en el altar, cuando ella se acercaba para darle la terrible noticia.

Y recordó...

En eso dejó de ponerse el lápiz de labios y, sorprendida, exclamó: "¿A qué te refieres con que no viene la novia?"

Y mientras escuchaba lo que le decían, ella no podía creerlo...

"Ok... ¿Entonces no hay nada qué hacer? ¿Ella no viene?"

Lentamente bajó el celular y terminó la llamada, sin decir adiós, a pesar de que ya se había despedido la hermana de la novia después de darle la trágica noticia.

Sophia bajó su cabeza y se llevó la mano a la cara. Mientras pensaba cómo decirle al novio, dio un paso y con el tacón del zapato rompió el espejo. Se agachó y agarró lo que quedaba de él, y tomó el lápiz de labios, los guardó en su cartera, mientras se dirigía a la entrada de la iglesia.

Caminando a paso lento, no le venía nada a la cabeza de cómo dar una noticia así, y cuando llegó a la puerta principal, Sophia vio la boda de sus sueños.

Majestuosa ante sus pies, estaba la enorme catedral situada en la mejor ubicación de Nueva York; en las bancas y pasillos no cabía ni un alma más, eran más de tres mil invitados. Había tanta gente que ni los mismos novios conocían a todos. Muchos invitados inclusive, estaban ahí por compromisos empresariales con la familia del novio.

Sophia se quedó impactada con la decoración. La hermosa catedral, construida en ladrillo revestido del más fino mármol blanco. Por un segundo vio los enormes ventanales... La gran iluminación con velas hacía que se apreciaran más los grandes arreglos de rosas blancas situados en el camino de la novia hacia el altar.

Era el más bonito camino que podría soñarse, camino que jamás cruzaría la novia. Y Sophia vio al final del pasillo, al novio.

Ahí estaba Rick con una sonrisa de punta a punta; ella jamás lo había visto tan feliz. Estaba tan feliz, pero tan feliz, que no había espacio para inseguridades, tenía total confianza en sí mismo, tanta que no podía ni imaginar lo que estaba a punto de descubrir.

Y era ella quien tenía que darle la noticia que sería el fuerte golpe que destrozaría su corazón latente. Él no se merecía eso, nadie se lo merecía...

Pero Sophia no tuvo que decir ni una sola palabra, bastó que él viera la cara de su mejor amiga. Y mientras Rick veía la angustia en ella, murmuró, "algo está mal..."

Sophia vio que la expresión de Rick cambió de ser el hombre más feliz del mundo, al más intrigado. Y lentamente comenzó a caminar hacia donde estaba el novio... y por un pequeño lapso, se imaginó caminando como la novia, mientras todos los invitados poco a poco volteaban a verla.

Pero inmediatamente esa imagen se desvaneció cuando vio la cara de preocupación de Rick, que estaba en el altar de la iglesia esperando a la novia. Una novia que jamás llegaría.

Sophia llegó donde el novio, le agarró las dos manos, y se comenzó a escuchar un murmullo entre los invitados.

"Ella está bien, ¿verdad?" Rick preguntó por la seguridad de ella, no podía ni imaginar que simplemente por decisión no estaba ahí...

"Si Rick, ella está bien, pero no va a venir hoy".

Al Rick escuchar eso, le salió una sonrisa, que inmediatamente desapareció, y le volvió a salir otra pequeña sonrisa que se obligó a forzar en su cara. "¿A qué te refieres con que no viene?"

Sophia no dijo ni una palabra, solo lo miró con una cara de tristeza que jamás había experimentado. Era como si ella pudiera ver su corazón destrozado a través de esa sonrisa helada.

Rick señaló a uno de sus amigos, y le dijo "¡Pásame mi celular!"

"Es que no sé dónde está el celular…"

"¡PÁSAME CUALQUIER CELULAR!" Dijo en un intenso grito.

Christian vio a Sophia y sacó lentamente su propio celular, y se lo dio a Rick.

En voz baja, Rick le dijo a su amigo "Discúlpame, no quería gritar, no sé qué está pasando…"

Rick comenzó a marcar el número de la novia, pero ella no le respondía. Cada instante Rick se desesperaba más e insistía… Después de algunos intentos, ya no entraba la llamada.

Rick utilizó el mensaje de texto y comenzó a escribir por cerca de cuatro minutos. Mientras tanto, los invitados comenzaban a murmurar aún más.

Sophia sólo lo miraba, mientras percibía que a Rick le estaba costando asimilar la situación. Fue entonces cuando ella no pudo contenerse más; sus lágrimas se deslizaban silenciosamente por su rostro.

Y cada lágrima que salió era una confirmación para Rick de que ella no vendría.

"No llores Sophia, ella va a venir, yo confío en ella. La conozco, sé cómo piensa, sólo necesita ese empujón…"

"Rick…"

"Sophia, ¡ella va a venir!"

"Ok Rick… aquí estaré a tu lado hasta que ella aparezca", y se le salían las lágrimas mientras hablaba.

"¡Ya lo leyó!" Dijo Rick "Ya está leyendo mi texto, ¡Va a venir!"

Mientras sucedía esto, algunos de los invitados de la novia comenzaron a pararse, y murmuraban cada vez más. Entre ellos, el padre y la madre de la novia parecían estar discutiendo en voz baja.

Sophia se dio cuenta que la madre de la novia tenía el celular en su mano. En eso cruzaron miradas y la mamá, haciendo un ligero movimiento de lado a lado, le insinuó que no iba a venir.

Al parecer, el padre de la novia no había tomado para nada bien la noticia. Se levantó y decidió salir de la iglesia abruptamente, mientras todos los invitados veían el show que se estaba ejecutando en plena iglesia.

La madre de la novia se dirigió hacia el novio, y le dijo: "Cuánto lo siento…" Rick no supo qué responder a eso… Sophia interrumpió la conversación, diciendo: "No se preocupe, vaya con su esposo, yo me encargo de informarle a todos".

Así que Sophia se dirigió nuevamente al centro de la iglesia y anunció: "Oficialmente la boda ha sido cancelada".

En cuestión de minutos la catedral estaba casi vacía.

En eso, Christian, uno de sus grandes amigos de la infancia, se acercó y le dijo: "Quédate con mi celular, me lo devuelves después, cuando ya no lo necesites. Todo va a salir bien…"

Christian se acercó a Sophia y le encargó: "Que no pierda mi celular…"

Sophia sonrió ligeramente, "No te preocupes Christian, yo me encargo".

Ya sólo quedaban tres personas en la iglesia: el sacerdote que los iba a casar, Rick y Sophia. El sacerdote se acercó a Sophia, pero al ver lo molesta que estaba, prefirió irse, no sin antes darle una lección de vida.

Durante una hora más se quedaron los dos esperando, ya eran las diez de la noche. Él permanecía parado, aunque su mente estaba perdida en algún lugar de sus recuerdos, buscando la respuesta que no parecía existir, mientras Sophia estaba sentada en una escalera cerca al altar.

Rick miró a Sophia y le dijo "¿No va a venir verdad? Todo es mi culpa".

Sophia, en ese momento quería matarlo, su mente se llenaba de todas las palabras que no quería decir, sin embargo, se paró y se dirigió en silencio hacia Rick, y este finalmente se sentó tranquilo. Sophia se acomodó a su lado.

"No es tu culpa", le dijo Sophia. "A veces estas cosas pasan porque pasan..."

"No, sí es mi culpa. Ninguna relación es perfecta, a veces uno cae en la monotonía y se confunde el amor con la costumbre. Yo debí estar pendiente, quizás no me había dado cuenta, quizás yo creía que todo estaba bien, y ella cada día era menos feliz".

"Ella no sabe lo que está haciendo, ustedes son felices, se aman; sólo que quizás no abriste los ojos lo suficiente".

"Sophia, ¿cómo pudo ella haberme hecho esto... a mí?"

"No sé, te prometo que no entiendo cómo alguien en esta vida podría haberlo hecho. Tú no has hecho nada malo... En este momento te hechas la culpa, porque la quieres demasiado, pero fue ella quien no apareció, y eres tú quien ha estado esperando horas solo en el altar sin que te importara lo que la gente pensara".

"Quizás ella no estaba decidida a dar el siguiente paso, o quizás había alguien más", divagaba Rick.

"...o quizás simplemente tanta preocupación y estrés por los preparativos de este matrimonio, hicieron que se confundieran un poco, perdiéndose en el camino. Las cosas a veces sólo pasan, y tienes que saber que siempre hay más opciones por ahí", le dijo Sophia.

"Pero para mí sólo hay una opción, por eso estoy aquí..."

Sophia se quedó callada.

"Sabes, yo nunca me rindo…"

Sophia, con frialdad, le dijo "Hay veces que tienes que saber cuándo una batalla está perdida; a veces no depende de ti".

"Así es, así es… una batalla estará perdida, pero no la guerra", insistía Rick en medio de su frustración; llegando a la locura.

Sophia puso su dedo índice y pulgar en sus ojos "Contigo no se puede hablar así, te pones muy filosófico", y sonrió.

Y esa sonrisa contagió a Rick, y él sonrió también.

Sophia le dijo: "El sacerdote tenía razón, todo se trata de amor, si das todo de ti, encontraras la felicidad absoluta. No esperes nunca dar las sobras. Da todo, y cuando sea todo, da más… Así, al encontrar a la mujer de tus sueños, será para siempre".

"La mujer de mis sueños", repitió Rick. "La mujer de mis sueños nunca llegó…"

En eso, el reloj de la catedral marcó las once en punto. Al escuchar las campanas dijo Sophia "Son las once, es hora de irnos".

Después de tres largas horas de espera, finalmente Rick, con cabeza fría, pudo darse cuenta de la verdad y, pasando su brazo sobre los hombros de Sophia, le dijo:

"Esto se ha acabado…"

Rick se levantó y comenzó a caminar. Sophia agarró su brazo, mientras lo acompañaba saliendo por el centro del pasillo.

"Sabes, eres una verdadera amiga…"

"Soy tu mejor amiga".

Sophia sonrió.

Él también.

Era el 15 de julio del 2007. Habían transcurrido seis años y cinco meses de la vez que Rick había sido plantado en el altar. Sophia se encontraba en su departamento de Nueva York; se estaba arreglando. Estaba de pie frente a un gran espejo, con su pijama puesta.

Ya estaba peinada y maquillada; sin embargo, se tomaba su tiempo mirándose al espejo, sonriente.

Afuera del departamento se escuchaba un escándalo. Había varias mujeres conversando, mientras esperaban que Sophia saliera de su habitación.

TOC, TOC, TOC

Suena la Puerta.

"¿Quién es?" Preguntó ella.

"Sophia, ¿ya estás lista? Cuidado vas a estar llegando tarde...", se escuchó una voz tras la puerta.

"Sí mamá, ya estoy lista... Sólo me falta poner el vestido, y ya..."

"Apúrate, ¡que aquí están todos esperando!"

"Mamá, si supieras", dijo en voz baja.

TOC, TOC, TOC

"Madre, ¡ahora salgo!" Sophia se veía al espejo, seria y nerviosa a la vez. Afuera todas estaban desesperadas, así que opto por apurarse también, quería que ese día todo saliera perfecto.

Además, ella jamás llegaba tarde a ninguna parte, era muy organizada y puntual, cuánto más en este día tan especial para ella... Deseaba que todo resultara como siempre había querido.

Así que, decidida, entró al baño y se quitó la ropa de dormir. La colocó en el cesto y procedió a vestirse.

Al salir, Sophia resplandecía en su maravilloso vestido de novia.

Al abrir la puerta, las siete amigas gritaron de emoción; mientras la peinadora y el maquillista trataban de que nadie se le acercara para que siguiera luciendo espectacular. Sólo faltaba de llegar una amiga más, pero estaba en camino.

Su madre, nerviosa y al borde de las lágrimas de la emoción, insistió: "Hijita, ¿ya estás lista? No se te vaya a hacer tarde; el tráfico..."

Sophia la miró con ternura. "Mami, jamás he llegado tarde..." y ahí recordó la única vez que sí había llegado tarde, pero al final del día todo había salido como había querido.

"...y menos el día de mi boda".

CAPÍTULO 4

LA DISCUSIÓN

El taxi en que Verona transitaba por la ciudad, sumergida en sus pensamientos, se detuvo. Había llegado al aeropuerto, justo en la zona de American Airlines. El taxista volteó hacia el asiento trasero para asegurarse de que estaba lista para terminar su viaje; mientras ella le agradecía y cerraba la puerta, esperando que fuera ese el lugar en donde finalmente se encontraría con Rick.

Verona estaba feliz, decidida a dejar sus dudas atrás y darse la oportunidad de ser feliz con Rick, y mientras avanzaba entre la gente, se detuvo por unos segundos al ver, a lo lejos, a Sophia junto a él.

Petrificada, vio que Rick parecía estar comprando pasajes para Sophia. En ese momento, ella sintió que estaba en el lugar donde menos debía estar; se dijo a sí misma que quizás había tomado la decisión equivocada... Nuevamente estaba llena de dudas, se sentía totalmente sola y vulnerable.

Conteniendo sus sentimientos, se dio media vuelta y se dirigió de prisa hacia la salida del aeropuerto. En cuanto estuvo afuera vio que el taxista estaba dando la vuelta en la esquina, corrió gritando, pero era ya tarde; se había ido, y no había otro taxi a su alrededor.

De pie en la banqueta, esperaba que llegara algún otro taxi, e instintivamente miró el anillo en su mano; ese anillo por el cual había regresado al bar.

Estaba ahí, brillante en esa mañana oscura... Al verlo, murmuró en voz baja, como diciéndoselo a sí misma: "Ya lo abandoné una vez, no pienso volver a hacerlo..."

Decidida y con la frente en alto, se dio media vuelta y entró al aeropuerto, segura de sí misma y de estar haciendo lo correcto. En ese momento, iba a estar ahí para él, no le importó siquiera la presencia de Sophia. Fue directo a donde estaban ellos, a tomar lo que era de ella, a recuperar al hombre de su vida. Si Rick la había perdonado, ella estaba dispuesta a olvidar lo que estaba viendo, lo cual no habría sucedido de no ser por sus dudas... Nunca volvería a dudar.

Rick terminaba de comprar los pasajes de Sophia y, sin darse cuenta de su presencia, los puso dentro del pasaporte de Sophia. "¿Lista?" le preguntó, estando a punto de pasar hacia las salas de espera. "Lista", respondió ella, impaciente por ingresar.

Sophia irradiaba felicidad, pero cuando volteó, la sonrisa desapareció de su rostro. "Rick...", dijo con un tono de voz casi inaudible. Rick estaba buscando su pasaporte entre la maleta, pero al escuchar el tono de Sophia, volteó de inmediato.

Por un segundo se quedó paralizado...

Era Verona.

"Sophia", dijo ella. "Verona", saludó Sophia, helada.

"¿Qué haces aquí?", intervino Rick.

Verona, sin intentar disimular su furia, dijo: "Veo que Sophia no pierde el tiempo; si yo no iba, estaba lista para acompañarte a nuestra luna de miel".

Sophia, indignada ante el comentario, quiso responderle lo que se merecía; pero en ese momento sonó su celular... Era Christian, que estaba reclamando su teléfono. Sophia le prometió que ella personalmente lo recuperaría y haría que le fuera devuelto.

Mientras tanto, Verona hablaba con Rick y le decía que ella estaba dispuesta a intentarlo. De reojo, vio que Sophia estaba terminando la llamada, y lo miró fijamente: "Rick, las cosas son muy sencillas; es ahora o nunca…"

En eso, Sophia terminó su conversación con Christian, volteó hacia Rick, para escuchar las últimas palabras de boca de Verona:

"…Es Sophia, o yo".

Rick, completamente paralizado, fue salvado por la campana, pues en ese momento informaron que todos los vuelos iban a ser cancelados.

Sintiéndose libre de la presión de la luna de miel sorpresa, miró a Sophia, luego a Verona… Las dos lo miraban fijamente; se llevó la mano a la cara y volvió a ver a Sophia, y le dijo: "Sophia…"

Ella, al escuchar su nombre, supo lo que estaba pensando Rick, después de todo era su mejor amiga y lo conocía demasiado bien. Así que, con la mirada seria, pero mostrando una leve sonrisa amable, le interrumpió:

"No tienes que decirme nada; ve, era lo que buscabas…"

Sorprendido de su respuesta, volteó hacia Verona y le dijo: "Los vuelos han sido cancelados…"

"Rick, esto no se trata de vuelos, ni de la luna de miel sorpresa ni nada de eso… se trata de tomar una decisión…"

"Lo sé, lo sé…"

"Entonces dime, ¿cuál es tu decisión? Yo estoy aquí, he venido a buscarte", le dijo Verona, sin dudar.

Pero Sophia ya no pudo más... "Y también lo has abandonado, dos veces; en el altar y en el bar", le reclamó Sophia.

Verona tomó aire y la miró con desprecio. "Sophia, no estoy hablando contigo, ya suficiente has hecho..."

"Suficiente, ¿yo he hecho? ¡Osada has sido! Te recuerdo que lo que le hiciste, no se le hace a nadie, a NADIE, mucho menos a él. Lo humillaste frente a toda su familia y amigos, pero más que todo, lo destruiste a él..." Decía furiosa, mientras señalaba a Rick.

"Pues déjame recordarte, que sí sé lo que hice... y a pesar de todo, él me fue a buscar al bar... ¿Sabes por qué? ¡Porque me ama! Rick sabe que tengo mis problemas... No soy perfecta, me equivoqué ayer, dos veces, y me he equivocado antes... ¡pero al menos no ando por ahí disfrazada de amiga tratando de conquistarlo a mis espaldas!"

Sophia —contra toda su costumbre— había perdido la compostura. "¡Yo he sido su mejor amiga desde antes de que aparecieras!", alzaba la voz. Verona, ante el calor de la discusión, se sentía llena de valor. "Pues veo que tuviste tu oportunidad, y no la supiste aprovechar".

"Yo, en cambio, veo que tú no supiste aprovechar y decidiste no casarte con él", le dijo Sophia.

Rick las miraba sin decir nada. Quería intervenir, pero era más la sorpresa de escuchar todo lo que se decían; por más que intentaba decir algo para tranquilizarlas, no sabía verdaderamente qué decir, además de que ni siquiera lo miraban a él; el dialogo se había convertido en una fuerte discusión; ante sus ojos estaba por iniciar una pelea.

"¡Pues aquí estoy! Gracias por estar con él, pero no te necesitamos", le dijo Verona. "Obviamente tú no, pero él sí", aclaró Sophia.

Rick, finalmente logró intervenir. "Un momento, un momento, paren un rato. Aquí el del problema no son ustedes, soy yo..."

Las dos lo miraron, esperando a que dijera algo más... Pero Rick tenía muchos pensamientos encontrados y no podía decir nada más. Parecía que él quería decirles algo, pero su boca no se movía.

Verona necesitaba respuestas, lo miraba expectante; mientras Sophia, llena de coraje e impotencia de verlo sufrir —como en el altar— dijo: "¿Sí ves? ¡Ahora él se echa la culpa por ti!"

Verona volteó nuevamente a Sophia y, en un tono tranquilo pero serio, le dijo: "Sophia, por favor no te metas. Este tema es entre Rick y yo... Él es mi novio... Así que, por favor, retírate".

"¡¿Retírate?! Te recuerdo que dejó de ser tu novio cuando no apareciste en la iglesia. Así que mejor retírate tú. ¡No te rebajes más!"

"¿Rebajarme yo? ¡Eres tú la que se quiere ir a consolarlo en el viaje de nuestra luna de miel! No me hables de rebajarme..."

Rick veía como se volvía a intensificar la situación, no podía permitir que siguieran gritándose ahí, así que dijo: "Sophia, Verona; de verdad esta ha sido una noche demasiado larga... No he dormido nada, quizás lo que necesito es un poco de paz. Dormir, tomar un buen baño, organizar mis ideas y tomar una decisión..."

"Me parece bien", dijo Verona; también agotada física y emocionalmente. Era increíble la forma en que las cosas habían sucedido las últimas horas.

"¿Bien? No Rick... ¡No tienes nada que pensar! ¿Es que no te has dado cuenta de lo que estás viviendo ahora? Si así comienzas tu matrimonio, qué esperarás en un futuro..."

Verona intervino; "Ok, no lo quería decir... ¿quieres saber por qué no fui? ¿quieres saber?" Sophia la miraba indignada.

"¡Por ti!", dijo Verona. "¿Por mí?" Preguntó Sophia, incrédula y muy enojada de que ahora quisiera culparla a ella.

"Sí, por ti. No quería decirlo, pero es la verdad. Siempre te has estado metiendo en la vida de Rick, y constantemente lo has manipulado, y no sé cómo, pero siempre logras que la vida de Rick gire en torno a tu vida".

Luego miró a Rick un momento... "Es verdad que Rick me descuidó, tal como me lo dijo en el bar; pero me descuidó por ti. No fue su trabajo, ¡eras tú el problema! Tú no eres una amiga para él; acéptalo; siempre lo has querido para ti. ¡Eres tan manipuladora que hiciste todo lo posible para destruir nuestra relación! Y mírate, sigues aquí..."

"¡Ahora sí te volviste loca!", le dijo Sophia, mientras volteaba a ver a Rick, esperando que la defendiera.

Verona volteó hacia él. "Rick, dime a la cara, en este momento, que tú nunca has estado con ella", dijo señalando a Sophia.

"¿A qué te refieres con eso?", preguntó Rick.

"Tú sabes a lo que me refiero; pero ni te molestes en contestar, porque obviamente sé la respuesta". Volteó hacia Sophia y la encaró "A ver, dímelo tú en la cara... confírmame eso, *mejor amiga*..."

Sophia guardó silencio, esperando que Rick dijera algo; pero Rick estaba mudo. Así que Sophia se le acercó a Verona y, mirándola a los ojos, sólo dijo "No quieres saber la respuesta".

"Ya con eso me dijiste todo", dijo Verona.

"¡Un momento!", interrumpió Rick. "Esto ya se está saliendo de control, tranquilícense..." Sophia lo miró "Pues tranquiliza a tu amiga aquí", dijo, minimizando a Verona.

"¿A tu amiga? ¡Si la amiguita aquí eres tú! Déjame decirte, para que aterrices de tu linda nube... Yo soy su mejor amiga, ¿por qué crees que decidió casarse conmigo? ¿Acaso te escogió a ti? No, él eligió compartir su vida entera con su verdadera mejor amiga".

Rick escuchaba a Verona y sólo pensaba que eso sí había sido un golpe bajo para Sophia. Estaba entre la espada y la pared, mientras ellas continuaban...

"Así veo de qué están hechas las falsas mejores amigas... Sea yo su amiga, o lo que sea, fui la que estuvo ahí junto a él, en la iglesia, apoyándolo cuando debiste estar tú".

"Me has nombrado la iglesia tres veces, aprovechándote del único error que cometí; sin embargo, no tienes nada más que decir. ¿Sabes por qué? Porque al final del día, él me pidió matrimonio, él me fue a buscar al bar, y es conmigo con quien se va a quedar... ¡Porque me ama! Así que, por favor retírate, y espero no volver a verte más..."

Sophia quería estamparla contra el piso, pero, ante todo era una dama. Así que, recuperando el control, la enfrentó con la mirada y dijo con tranquilidad: "Si piensas que me voy a rebajar a tu nivel; estás muy equivocada. Dices que no te he dicho nada fuera de que no apareciste en la boda; pues es así porque no quisieras saber todo lo que pienso de ti. Después de todo, eres una mujer sin valores, y solita me diste la razón al hacer semejante atrocidad".

"Me hablas de valores, y estas aquí, con pasaporte en mano, lista para irte con Rick, aprovechándote de él..." Sophia la interrumpió: "¡Quien se está aprovechando de él eres tú; siendo insolente!"

Rick no aguantó más. "Bueno, ya estuvo bien. Yo sólo quiero ir a descansar... Sophia, Verona, por favor dejen de pelear; yo me voy", y se alejó de ellas.

Mientras las dos lo veían partir, indignado... Verona centró su atención nuevamente en Sophia y le advirtió "Espero hagas lo correcto y no lo vuelvas a buscar".

"Espera mejor tú, y haz lo correcto. Si se llega a dar el momento en que te busque, no lo dejes ir de nuevo", dijo Sophia.

"Mira y aprende...", le dijo Verona, acercándosele a la cara; se dio media vuelta y fue tras Rick.

Sophia se quedó ahí, histérica, mientras veía como Verona alcanzaba a Rick por la espalda; vio cómo lo hizo voltear y le dio un abrazo. Ella no podía más, nunca sería de las que rogaban. Se volteó y, mientras se dirigía a su auto, le salían lágrimas de furia.

Mientras avanzaba, escucho que, a lo lejos, Rick gritaba:

"Sophia... Sophia..."

Sophia se detuvo, pero no se volteó.

Rick llegó corriendo a ella...

"¿Y Verona?"

"Ya se fue", dijo Rick. Sophia volteó con los ojos llorosos y alcanzó a ver a Verona salir del aeropuerto. Sintió una esperanza...

"Sophia, te voy a decir exactamente lo que le dije a ella..." Sophia lo veía mientras se secaba las lágrimas, cuidando también que Verona no la viera en ese estado.

"Sophia, en serio... Me voy a mi departamento, necesito descansar. Esto ha sido demasiado para mí..."

"Sí, anda; descansa. Aquí lo importante eres tú". Rick vio que Verona logró conseguir un taxi. "¿Qué te dijo ella?", preguntó Sophia. "Me dijo igual, que descanse, y que lo pensara... y se fue".

"¿Pero no te dio algo para que lo pienses?"

Rick, confundido, le preguntó "¿Darme algo? No... ¿Cómo qué?"

En ese momento, Sophia no habló, pero le dijo todo lo que su corazón guardaba con una mirada. Acercó a él su mano derecha y, haciendo su pelo suavemente hacia atrás, lo motivó a acercarse un poco y ella le dio todo su amor en un beso. Sus labios se unieron efusivamente mientras ella le regalaba el alma. Rick la tomó en sus brazos apasionadamente y poco a poco el beso se convirtió en un abrazo, un largo y cariñoso abrazo.

Mientras lo soltaba, Sophia le dijo, con una gran sonrisa: "Para que lo pienses bien..." Rick compartió con ella un instante de paz que se fue esfumando al verla partir.

Sophia salió del aeropuerto hacia el área de estacionamiento. Ella también había pasado por mucho.

Rick se quedó de pie en el aeropuerto, solo, confundido, pensando en las dos. Sólo quería llegar a su departamento, darse un baño, tumbarse a dormir, olvidarse de todo por un momento y, recuperado, pensar en lo que elegiría hacer... y en cómo salir de esa confusión.

En el restaurante, Anne estaba tomando su tercera copa de vino, casi sin darse cuenta, por la manera tan interesante en que Rick contaba su historia. "¡Wow!, este pequeño detalle no me lo habías contado. ¡Eso cambia todo!"

"Habría querido no contar lo de la discusión", dijo Rick. "No pues, si quieres que te dé mi opinión, necesitas darme todos esos detalles; no ves que ahí todo cambia..."

"¿Cómo todo cambia?"

"¿En serio Rick? A pesar de que conoces mucho de mujeres, parece que a veces te falta conocer un poco más..."

"¿A qué te refieres?", preguntó en tono serio. "Es que de repente ya no se trata de ti", le dijo Anne. Rick la miró confundido, por lo que Anne le explicó: "Claro, mira, es decir... Es evidente que las dos te aman, aún con todos tus defectos, pero de pronto se volvió un tema más personal".

"¿Más personal?"

"Claro, entre ellas. ¿Es que no te has dado cuenta? De repente la situación se dio para que tú te convirtieras en un trofeo".

Rick se rio, "yo no lo vi así", dijo. "No lo viste así, sin embargo, lo disfrutaste cada segundo. ¿Por qué crees que a todo hombre le gusta ver a dos mujeres pelear por él?"

"Bueno, no te voy a negar que por un momento sentí todo lo contrario a lo miserable que me sentía en la iglesia..."

"¡Claro! Tu ego se levantó por mil… Por eso mismo no las detenías…" En eso, Anne levantó su copa y dijo: "¡Vaya trofeo el que se pelearon! Hasta a mí me dan ganas de tener ese trofeo también…" Dijo en tono de broma.

Al escucharla, Rick emitió una gran sonrisa…

"¿Viste? ¡Ni te creas lo que te dije!, era sólo para que veas cómo disfrutan los hombres con comentarios así…"

"O sea que yo soy un trofeo…" Seguía riéndose Rick.

"Un trofeo que no me interesa… ya eres mi ex y ex quedarás…", dijo Anne, completamente segura de sí misma. "Ahora usas mis propias palabras en mi contra…", rio Rick.

"Sí, tú y yo sólo podemos ser una cosa…" A Rick le pareció una pausa muy larga, así que preguntó… "Y es ¿qué?"

"Mejores amigos", respondió, con una encantadora sonrisa.

En eso, el camarero y su ayudante se acercaron con las entradas que habían ordenado. Frente a Anne colocaron el coctel de camarones; al tiempo que situaban la crema de almejas en el lugar de Rick.

"¡Esto huele delicioso!", dijo Rick, esperando que Anne diera la pauta para iniciar a comer; pero Anne parecía sentirse mal, no había tocado su plato. "¿Te sucede algo?", preguntó Rick.

"No, nada", dijo, agarrando uno de los camarones para ponerle un poco de limón. Le dio una mordida y lo dejó en el plato. Rick supo que su platillo le había traído malos recuerdos.

Sabía que no estaba lista para hablar, así que decidió no preguntar más, sin embargo, dejó la cuchara sobre su plato y extendió su mano, tomando la de Anne y dándole un ligero apretón en señal de que él estaba con ella.

Fue ahí cuando las lágrimas de Anne comenzaron a correr por sus mejillas; y mientras Rick la veía, ella simplemente se dejó llevar. "¿Por qué todos los hombres son unos idiotas?"

Rick no respondió nada, sólo estaba atento a Anne, dispuesto a realizar lo que mejor sabía hacer; escuchar.

Anne, al verlo ahí, reaccionó "Discúlpame, no quería traer el tema, de verdad que no... pero es que acabo de salir de una relación, y digamos que, no quedamos en los mejores términos..."

Rick la seguía escuchando, manteniendo su mano en la de ella.

"Hace seis meses, encontré al que había sido mi novio por cuatro años, siéndome infiel... y yo, la verdad había pensado que él era la persona con quien iba a pasar el resto de mi vida... pero al parecer él tenía planes con otra..."

Rick la miró, "¿Estás segura de eso? También podrías haberte hecho historias en tu cabeza...", le dijo con ternura. "Sí, estoy segura, además luego me lo confesó... Claro, me lo dijo después de haber sido descubierto, si no, no me habría enterado de nada..."

"Entonces es mejor que haya sucedido", le dijo Rick. "¿Cómo dices eso?", dijo ella, incrédula.

"Claro Anne, a veces, uno intuye las cosas que suceden y, sin embargo, lo deja ser y deciden permanecer toda una vida engañados. Si él ya te lo confesó, créeme cuando te digo, que entonces no fue la primera vez, sino sólo la primera vez que lo agarraste".

Anne lo miraba con sus ojos llorosos. "Y créeme que, cualquier hombre, teniendo a una mujer como tú, debería sentirse completo y feliz. Un hombre tiene que estar consciente que la mujer es la indicada, cuando sólo tiene ojos para ella, y viceversa".

Anne sonrió, y con su otra mano cubrió la de Rick, que sostenía la suya. "Tú siempre fuiste bueno, terrible... pero bueno".

Rick sonrió.

"Sabes", dijo Anne. "Se me fue el hambre, la verdad no puedo seguir comiendo..."

"¿Estás segura de eso?"

"Sí, sí, segura... ya con los camarones estoy bien", dijo apenada. "No te preocupes". Llamó al camarero y le dijo: "Disculpa, no sé si es tarde para cancelar el filete de ella".

"Ya estaba casi listo para traer...", dijo el camarero. "No, no, bueno, entonces por favor ponlo para llevar..." El hombre asintió y le preguntó:

"¿Gusta que traiga el de usted?"

Anne, apenada, intervino: "No, Rick, tú come, por favor".

"¿Estás segura?"

"Sí, sí, come", insistió.

"A menos que quieras uno de esos postres que vi en la entrada", dijo Rick, con una sonrisa. Anne abrió más sus ojos y sonrió "Sí, un postre podría ser..." Miró al camarero y le pidió la carta. "Por supuesto", dijo y se retiró.

Una vez solos, Rick le dijo: "Bueno, todos los hombres son unos idiotas, ¿qué te puedo decir?"

"No, Rick, todos no...."

CAPÍTULO 5B

LA FOTO

Eran las 11:30 de la noche del 14 de febrero del 2001. Rick agarraba un taxi para ir a solucionar un tema pendiente.

Se dirigió al departamento de Sophia. Mientras iba en el auto, pensaba en ella, y repasaba cada línea que debía decirle, para que todo fuera perfecto.

El taxista no dejaba de hablar del increíble tráfico que había habido por toda la ciudad después del extraño acontecimiento. Rick no le respondía, sus pensamientos lo tenían atrapado. Mientras avanzaban, veía a través de la ventana los edificios quedando atrás, pero verdaderamente no veía nada; estaba estático, ido, absorto pensando en Sophia.

Al llegar, Rick le dio una buena propina al taxista, pero ni las gracias le dijo. Solamente se bajó del vehículo, saludó distraídamente al portero —quien se sorprendió de verle llegar dado que el día anterior lo había visto partir a su boda— y se dirigió al elevador.

El portero, muy amablemente le preguntó "¿Viene a ver a la señorita Sophia?" Rick, como desubicado, lo miró y, desde donde estaba, le dijo: "Sí, sí, voy a subir a darle una sorpresa; no la llame por favor".

El portero sabía que se trataba de Rick, así que lo dejó pasar y en eso se abrieron las puertas del ascensor. "¿Todo bien? ¿Hay algo en lo que le pueda ayudar?", preguntó el portero.

"Sí, todo bien, gracias", dijo mientras las puertas se cerraban y él seleccionaba el piso de Sophia. Mientras subía deseaba que todo saliera como lo había imaginado.

Al salir del ascensor se dirigió hacia la puerta del departamento de Sophia.

TOC, TOC, TOC

Sophia abrió la puerta sin sospechar que iba a encontrarse con el amor de su vida. Al verlo, se sorprendió por unos segundos y saltó a abrazarlo con una sonrisa en su cara.

De la emoción, ni siquiera había pensado en cómo se encontraba. Traía un camisón de seda con su short, el cabello totalmente desarreglado y su rostro rojo de tanto llorar.

"¿Estás bien, Sophia?" Le preguntaba Rick, mientras la abrazaba con los ojos cerrados. "Sí, sí, estoy bien", dijo ella, tratando de acomodar sus emociones al tiempo que le tomaba ambas manos.

"¿Segura?"

"Sí, no me pasa nada… pasa, pasa". Sophia mantenía una sonrisa de felicidad en su cara.

Rick entró y se acomodó en el sillón rojo, y Sophia iba recogiendo todo lo que encontraba desordenado a su paso. "Dame un minuto", escuchó Rick, mientras ella corría a arreglarse un poco al baño. Desde ahí le gritó: "¿Quieres algo de tomar? Un padrino… ¿algo?"

Rick, desde el sofá, le dijo: "Sí, si me puedes brindar un padrino sería excelente".

Sophia agarró un cepillo, medio se peinó y se lavó la cara y los dientes para no estar hecha un desastre. Al salir del baño fue directamente al bar.

Rick notó que se había arreglado, y una sonrisa involuntaria se asomó en su cara; pero también se dio cuenta de que no importaba qué tan arreglada o desarreglada estuviera, simplemente la veía perfecta.

"Necesito uno doble, por favor", le dijo Rick.

"¿Doble?", se detuvo por un segundo. "¿Estás bien?"

"Sí, sí… al menos eso creo".

Ella también se sirvió un padrino, le entregó el coctel a Rick y se sentó a su lado, con la bebida en la mano. "¡Vaya día que hemos tenido!", dijo Sophia.

"Ni me digas, que he pasado durmiendo todo el día".

Sophia se le quedó viendo, esperando a que Rick dijera algo. Él tomó un buen sorbo de su trago, y finalmente dijo: "Sophia…"

"Rick", estiró la mano ella, como haciendo un brindis. Rick golpeó su copa contra la de ella. Sophia tomó un poco de su bebida y Rick hizo lo mismo.

"Sophia, he tomado una decisión…"

Sophia sonrió, pero conocía tan bien a Rick que detectó algo que no le estaba gustando, y presintió que no le agradaría hacia donde se dirigía la conversación. Pero no fue sino hasta que Rick dijo la siguiente frase cuando el mundo se le fue abajo.

"He decidido seguir intentando mi relación con Verona".

Sophia tomó un sorbo de su vaso, lo dejó en la mesa y mirándolo, se le acercó.

Y con sus ojos de cristal, y una gran sonrisa le dijo: "Rick, yo estoy aquí para apoyarte en todo lo que tú decidas, después de todo, eres mi mejor amigo, y siempre estaremos juntos de una forma u otra…"

Rick había tomado una decisión, pero el verla actuar así lo confundía más. Hubo un minuto de silencio mientras ambos tomaban un nuevo sorbo de la bebida favorita de Rick.

Pasado ese momento, Sophia lo miró a los ojos "Sólo quiero saber una cosa", dijo. Rick la observaba, esperando descubrir qué era lo que ella quería saber. Y Sophia preguntó: "¿Por qué?"

"Bueno, es la mujer a la que meses atrás le pedí matrimonio. Yo ya había tomado una decisión y creo que ella merece una oportunidad más", dijo con sinceridad.

"Pero hay una diferencia", dijo Sophia. "Antes no sabías que yo podía ser una opción para ti, ahora lo sabes... ahora lo sientes. Además, ¿le quieres dar una nueva oportunidad? ¿Cuántas oportunidades más necesita?"

"Sophia, yo descuidé la relación, y quien se confundió fui yo... pero no me daba cuenta hasta que lo viví".

"¿Sí te acuerdas que ella, el día de ayer te dejó plantado en el altar?" Le interrumpió Sophia. "Discúlpame, pero creo que estás tomando una mala decisión".

"Posiblemente... No soy perfecto".

"La perfección está en los ojos de uno". Sophia le transmitía sin palabras el deseo de su interior. Rick la miraba y sentía que ella era la mujer indicada, pero estaba confundido. Además, no quería decirle que ya había visitado a Verona y ella estaba ya enterada de su decisión.

"Sophia, el destino me ha puesto en esta incómoda situación, pero si he vivido esta experiencia es por algo, quizás sea lo mejor para todos nosotros", le dijo.

Sophia quería decirle que debía hacerse responsable, pues obviamente no era culpa del destino que estuvieran en esa situación, pero él había ya pasado por tantas cosas, que sólo le dijo: "Sí sabes que a ella le estás dando una segunda oportunidad, cuando nosotros ni siquiera hemos tenido una... Rick, tú sabes que somos el uno para el otro. Yo también he cometido errores; el más grande fue el no haberte dicho lo que sentía por ti todos estos años. Pero aquí estoy, ante la posibilidad de tener una oportunidad para que suceda algo entre nosotros".

"Hay veces en que se cierran las puertas de las oportunidades", dijo Rick. "La puerta siempre ha estado abierta, sólo que no has querido cruzarla", le dijo ella.

Él sabía que ella tenía razón, pero no podía hacer más. "Sophia, lo que tú y yo tenemos es único, no quisiera dañar esta amistad".

"No entiendes, ¿verdad? Después de lo que sucedió en el aeropuerto, no importa si somos amigos o no. Si decides estar con Verona, jamás dejaría que tú sigas siendo mi mejor amigo; aunque eso de mejor amigo sabes que es una gran mentira, porque somos mucho más que eso..."

"Lo sé", dijo pensativo Rick. "En cuanto te veo siento que eres la persona perfecta para mí". Sophia se acercó un poco más a él y le dijo "Y, aun así, sabiéndolo, tomas la decisión equivocada..."

Rick la miró en silencio. "¿Te acuerdas de tu teoría del 10%?", le preguntó ella. "Sí", le dijo Rick, sorprendido. "Dime una cosa... ¿cuál es nuestro 10%?, ¿de qué se compone ese porcentaje en el que sabes que tú y yo no somos compatibles?"

"No sabría decírtelo..."

"Exacto, ¿sabes por qué?", le preguntó ella.

"¿Por qué?"

"Porque nunca nos hemos dado la oportunidad, pero si no puedes ver eso..." Sophia se levantó del sofá, se dirigió a la puerta y, con los ojos llorosos, le dijo: "... quizás no deberías estar aquí".

Rick se puso de pie, tomó lo que quedaba de su padrino, lo dejó en la mesa y se dirigió a la puerta. Mientras se acercaba a ella la miró a los ojos, pero ella volteó la cabeza viendo hacia otro lado.

"Entonces así termina todo", dijo Rick. "Por lo menos ¿puedo darte un abrazo de despedida?"

Sophia abrió la puerta sin decir palabra. Rick bajó la cabeza, salió del departamento, y al voltearse, Sophia le dio un gran abrazo.

Rick fue sorprendido con ese abrazo, y lentamente la abrazó a ella. Mientras lo hacía, cerró sus ojos, deseando detener el tiempo.

Sophia se recuperó. "Como te dije, no creo que nos volvamos a ver".

"Yo voy a hablar con ella para tratar..."

"Rick, no depende de ella. Lo estoy decidiendo yo; te deseo lo mejor, pero no quisiera volverte a ver, y espero que respetes eso".

Sophia lo soltó y le dijo: "Espérame un segundo" y se dirigió a su cuarto. Rápidamente agarró un portarretratos, regresó a la puerta y le dijo "Toma algo para que recuerdes lo nuestro..."

Rick agarró el pequeño portarretrato en el que estaba una foto de ellos, más jóvenes. Mientras él veía la foto, ella le dijo "Cuídala".

Luego de un instante en el que trató de hacer a un lado los recuerdos que la imagen le había traído, Rick levantó la mirada, y Sophia lo besó en los labios.

Y se besaron apasionadamente...

Rick sabía que no estaba haciendo lo correcto, sin embargo, sentía que sí lo era... además, aunque hubiera querido, no podía evitarlo.

Los minutos pasaron mientras ellos se entregaban en ese beso. Ninguno de los dos intentó dar un paso más, pero no era necesario, pues era ya perfecto lo que sucedía en ese instante fuera del tiempo.

Al final, se miraron en silencio. Sophia había dado todo, se sentía plena y deshecha a la vez.

Rick le preguntó: "Y eso, ¿por qué fue?"

"Para que nunca lo olvides", dijo ella.

Sophia cerró la puerta.

Rick se quedó un instante frente a la puerta cerrada... Luego se dio la media vuelta y caminó triste, con el portarretratos en sus manos y un gran recuerdo de ella.

Atrás de la puerta, Sophia lloró en silencio.

"Entonces ahí fue que decidiste olvidarte de Sophia para siempre", dijo Anne, mientras tomaba su helado de crema chantillí con frutillas.

Rick, con tristeza, le respondió "Sí".

"Y un rato antes habías estado en el departamento, besándote con Verona y prometiéndole estar juntos..."

"Así es", dijo Rick.

"Oye, ¡pero te estuviste besuqueando con las dos el mismo día!"

"Bueno, el beso de Sophia me tomó por sorpresa", sonrió Rick.

"Pero, ¿qué sentiste ahí?" preguntó Anne. "Sentí que había cometido un error", dijo Rick. "Pero ¿de qué error estás hablando?, de besar a Sophia después de haberle prometido a Verona quedarte con ella, o de haber elegido mal..."

Rick se quedó callado.

"Rick, ¡eres tremendo! De verdad que eres un mal tipo", dijo Anne, al tiempo que se comenzó a hacer el pelo hacia un lado de su cabeza con las dos manos, mientras estaba sentada de pierna cruzada, con la punta del zapato hacia él.

"Sabes, verdaderamente no piensas eso", le dijo sonriendo. Anne se dejó el pelo, lo miró a los ojos y dijo: "Y ¿por qué crees saberlo todo?" Rick, relajado, contestó: "Bueno, yo no lo sé todo, sólo sé lo que veo".

"Y ¿qué estás viendo?"

"Sólo lo que estás mostrando con tu lenguaje corporal".

Anne torció los ojos hacia arriba. "Lenguaje corporal, ¡ya suficiente tuve con la teoría de los labios!"

Rick la miró y le dijo: "Te explico, mientras me estás diciendo eso, te estás agarrando el pelo…"

"¡Yo siempre me agarro el pelo!"

"Sí, pero es diferente, lo hiciste justo cuando dijiste que yo era un mal tipo". Anne se dejó el cabello y se cruzó de brazos. "No pues, ahora sí, no me vas a dar la razón", dijo Rick, riendo.

"No estoy entendiendo nada…"

"Mira, si tú cruzas los brazos, muestras un bloqueo. Mientras tengas los brazos cruzados, no importa lo que yo diga, podrás oírme, pero sin estar abierta a razonar conmigo; es como un campo que cierra todo. Oirás palabras de mi boca, pero realmente no vas a escuchar nada".

"Pero yo siempre me cruzo de brazos", dijo ella.

Rick sonrió. "Entonces siempre estás bloqueada, así que, quien discuta contigo nunca podrá ganar una batalla… y hay veces que es necesario dar oportunidad a que tu pareja también gane esas batallas".

"Continúa", dijo Anne, con los brazos cruzados.

"No pues, así ni para qué seguir hablando, mejor dejémoslo en que tú tienes razón, yo soy un mal tipo", y sonriendo, tomó su cuarta copa de vino. Ella lo seguía, se soltó los brazos y agarró su copa, la última de la segunda botella.

"Ahora sí estás dispuesta a escucharme", dijo Rick. Ella sonrió mientras alzaba su copa… "Pero, entonces, agarrarme el pelo ¿qué significaría?"

"Bueno, ese acto es un simbolismo de nervios, al ver que quizás lo que dices sea verdad, pero no para ti".

Anne bebió un sorbo de su copa y dijo: "Sé que no eres un mal tipo, pero también sé que no eres un santo".

"¿Qué te puedo decir?"

"Sabes Rick, hay algo que no te he contado… yo sé mucho más de lo que te imaginas…"

"¿A qué te refieres?"

"A que también conozco la otra parte de la historia…"

Rick quedó sorprendido, esperando que ella continuara su relato. "Yo he sido amiga de Nicole desde hace algún tiempo atrás".

"¿Nicole?"

"Sí, la que trabajaba con Verona en el bar…"

"Pero ellas no eran tan amigas, sólo se llevaban bien trabajando juntas… por algo no había sido invitada al matrimonio".

"Así es, sin embargo, el destino se encargó de que ella conociera a alguien, que conociera a otra persona, que me terminó conociendo a mí…"

"El mundo es demasiado pequeño a pesar de ser tan grande", dijo Rick.

"Así es… y yo he sabido todo sobre Sophia en estos seis años…

…Incluso lo que tú no has sabido de ella".

CAPÍTULO 6B

EL SACERDOTE

Habiendo pasado dos años de ese el terrible día en que Rick quedó abandonado en el altar; la vida debía continuar.

Sophia, al principio había estado decepcionada de Rick, ya que había esperado mucho más de él. Había llorado, se había enfurecido con ella misma, y es que nunca se imaginó que tomaría esa decisión. Luego, poco a poco, había aprendido a seguir sin él, pero sentía que la vida no se disfrutaba igual, le dolía no contactarlo ni siquiera como amigo.

Dos años y aún no podía sacarlo de su cabeza; sabía que tenía que seguir adelante, estaba consciente de que Rick había reconstruido su vida, y era hora de que ella aceptara la realidad y buscara su felicidad lejos de él. Pero, por más que trataba, en el momento menos esperado, Rick, como un fantasma, inundaba sus pensamientos y no lograba olvidarlo.

Para sacar su frustración, se dedicó al ejercicio, especialmente a correr; así mantenía su mente ocupada y tenía la oportunidad de conocer gente nueva, intentando olvidar la soledad que la consumía por dentro.

Una tarde, mientras corría por la ciudad, de pronto sintió que no podía más, estaba realmente agotada, y se detuvo. Con la respiración entre cortada y apoyada en sus rodillas, levantó la mirada y vio una iglesia. Y no era cualquier iglesia, era la misma en la que Rick iba a contraer matrimonio con Verona aquel día en que no apareció.

"No puedo comprender cómo Rick pudo seguir con ella, sabiendo de lo que es capaz de hacer; todo por sus inseguridades", pensó. Se enderezó y dijo en voz alta "las cosas pasan por algo…"

Ante la coincidencia de haberse detenido precisamente en ese lugar, llena de curiosidad, decidió entrar a la iglesia. No había nadie salvo un par de personas rezando cerca del altar; nadie más. Ella, de pie al fondo del pasillo central, recordó cada momento en que estuvo con Rick ahí, aquel trágico día. Lo impresionantemente decorada que estaba la iglesia, la cantidad de gente, la incomodidad de la situación… pero, sobre todo, pensó en el momento en que al final se habían quedado solos, Rick y ella, esperando a que apareciera la novia.

"¡Cómo fui tan estúpida!, era obvio que él se iba a ir con ella…" A su espalda, escuchó una voz "¿Te puedo ayudar en algo?"

Al voltear, se dio cuenta de que era un sacerdote que se había acercado a ver cómo estaba. Inmediatamente Sophia lo reconoció, era el mismo que oficiaría la misa de matrimonio de Rick.

"No sé si se acuerde de mí", le dijo Sophia. "¡¿Cómo olvidarla?!", le dijo el sacerdote. "Esa es una de las noches más incómodas que he pasado en mi vida, eso sólo se ve en las películas; sin embargo, la novia no apareció, pero ahí estabas tú, a su lado…"

Sophia sonrió, "¿entonces sí se acuerda de eso?"

"Claro que sí, esa anécdota hasta el día de hoy la cuento en mis sermones", dijo el sacerdote. "En los sermones, ¿habla de esa desgracia?"

"¿Desgracia? ¡Yo hablo del verdadero amor que vi ese día! Recuerda que Jesús dio la vida por nosotros, dando su verdadero amor. Y ahí estabas tú, dando todo de ti, por la persona que amabas aun cuando él intentaba casarse con otra".

"Bueno, pero al final, él se casó con ella", suspiró Sophia. "No me sorprende, el ciego ve cuando quiere ver…"

"¿A qué se refiere, padre?"

"Si hubiera sido por mí, yo los hubiese casado ese día, por lo que vi", dijo el sacerdote. "Pero sólo vio un lado de la historia, él sólo estaba pensando en ella", dijo Sophia.

"No hay peor ciego que el que no quiere ver... ¿es que no te diste cuenta de que al final del día, inconscientemente, él sólo quería estar contigo en ese momento? Por eso se quedó al final, contigo... otro se hubiera ido".

"Pero entonces, ¿qué hice mal?"

"No es lo que hiciste, sino lo que no hiciste... No peleaste por él".

"Pero sí lo hice..."

"Al parecer no lo suficiente... De haberlo hecho, hoy estarías con él", dijo el padre, mientras se iba alejando. Sophia le preguntó: "Y ¿por qué ese día no me dijo nada? ...O me guio en ese momento..."

El sacerdote se detuvo y le dijo: "Toda causa tiene su efecto... Ese día, fuiste grosera, dándome a entender que ustedes tenían derecho a estar aquí sólo por una contribución. Como te vi alterada, decidí alejarme y dejarlos solos..."

"Cuánto lo siento, de verdad..."

"No te preocupes, no hay nada que decir, sólo tienes que actuar... Después de todo, Dios trabaja de formas misteriosas..."

"¿Y qué va a ser de mí?", preguntó Sophia, desesperada.

El sacerdote la miró a los ojos y le dijo: "Sólo sigue tu camino y llegarás a donde quieras llegar... Yo estaré aquí para ayudarte. Y Él estará ahí para guiarte".

"Sígueme contando, ¿qué más has sabido de Sophia en estos años?" Le preguntó Rick.

En la mesa se encontraba un *padrino* a medio tomar. Rick, después de la comida, disfrutaba de su bebida favorita, y en el lado de ella, había un espresso negro.

"Bueno, Sophia finalmente encontró a alguien", le dijo Anne. "Eso sí supe... que estaba saliendo con Cristian, mi mejor amigo", dijo Rick haciendo un gesto.

"¡Pero no creas que fue inmediato!", dijo ella. "Los primeros dos años, Sophia la pasó muy mal, no quería salir con nadie, pasaba los días ocupándose de sus negocios o encerrada en su departamento. Luego comenzó a dedicarse al deporte, corría diario, y de repente un día se iluminó y cambió de la noche a la mañana".

Rick la escuchaba atentamente.

"Me sorprende que no te veo afectado por este tema", dijo Anne.

"La verdad es que cuando me enteré, sí me descuadró, pero después lo superé..." Anne se quedó sorprendida ante el comentario y le dijo:

"No, obvio no lo has superado, o no estarías tan pendiente de lo que te estoy diciendo. En toda la noche no me habías puesto tanta atención como ahora que te hablo de Sophia".

"No es algo que me interese, de verdad", dijo Rick, mientras buscaba al camarero.

"Pues no te creo, especialmente hoy... Recuerda, te conozco, y sé que esa boda de hoy es la razón por la que me buscaste a mí".

Rick la miró a los ojos y le dijo "Yo sólo quería saber de ti".

Anne sonrió. "Rick, tú puedes decirte a ti mismo lo que quieras, pero la realidad es que estamos aquí por Sophia".

"Es demasiado tarde", dijo él.

"Nunca es demasiado tarde", le corrigió Anne.

En eso se acercó el camarero, que había percibido la mirada de Rick. "Disculpen, ¿desean algo más?"

Rick lo miró y le dijo: "Sí, después de ese café, por favor tráigale algo de tomar". Miró a Anne y le preguntó "¿Qué quisieras tomar?" Ella sonrió y pidió al camarero un whisky en las rocas. "Inmediatamente", y se retiró.

Anne tomó su tacita de café y le dio un sorbo, "Pero en el fondo, manejas bien la situación... ¿cómo haces? Yo me quisiera olvidar de ese imbécil que me traicionó".

"Todo es cuestión de decisión; para olvidarlo, tienes que perdonarlo", dijo Rick. "¡Eso no va a pasar!", respondió de inmediato Anne. "Entonces, lo seguirás odiando y nunca lo olvidarás..."

Anne decidió volver al tema original de Sophia. "¿Dónde estábamos?", le preguntó. "Me estabas contando de Sophia en estos seis años...", le recordó Rick.

Anne hizo una pausa y continuó: "A los dos años retomó salir, y comenzó a conocer nuevos amigos, que tenían nuevos amigos, entre ellos estaba yo".

"¡O sea que ahora eres íntima de Sophia!"

"No, yo soy amiga de Nicole, a quien conocí por Christian. A Sophia también la conozco, pero tengo que confesarte que no es mi estilo, no me cae bien. De hecho, la detesto; pero cada cierto tiempo me tocaba salir con ellos".

"Veo que has visto más a Sophia que yo en los últimos seis años", comentó Rick. "Pero tú la has visto más que yo en los últimos tres meses", dijo con una sonrisa Anne, dándole a entender que estaba enterada.

"Sí, en los últimos tres meses sí...", sonrió levemente Rick, y su mente voló por un instante a algún recuerdo.

Anne, siguió su relato:

"Déjame decirte que Sophia es una mujer muy calculadora, todo planifica... Cuando está centrada, no se le escapa nada. Eso sí tengo que admirar de ella, sin embargo, a veces toma decisiones muy apresuradas para mi gusto; pero bueno, ¿qué se puede esperar de gente con ese poder adquisitivo?"

"Sophia es muy sencilla para todo lo que tiene..."

"Sí, podrá ser sencilla... pero cuando quiere algo, lo consigue hasta su última consecuencia", dijo Anne.

"Eso es lo que me gusta de Sophia", sonrió Rick, como recordando algo.

"Pues es lo que no me gusta de ella", dijo Anne, cruzándose de brazos.

Rick esta vez no la observó, estaba realmente concentrado en saber todo acerca de Sophia. "Pero asumo, entonces, que Sophia se enamoró de Christian, y por eso él le pidió matrimonio".

Anne, antes de responder dio otro sorbo a su café. "Así es, matrimonio que se realiza en unas horas..."

"¡Ya son las cinco!" Dijo Rick, viendo su reloj. Miró a Anne y le preguntó "¿A qué hora es la boda de Sophia?"

"Se casa a las ocho", le recordó Anne.

"¿Cuándo te enteraste de que se casaban?", le preguntó Rick. "Nicole me contó el mismo día en que le pidió matrimonio, siete meses atrás".

"Es increíble saber que Sophia se casa con Christian... ¡Y tan rápido!", dijo Rick. "Así es, todo estuvo planeado...", comentó Anne.

"¿Planeado?"

Anne, después de cuatro copas de vino, le dio un sorbo más a su café y dijo: "No me hagas caso, es todo lo que he tomado, no me deja pensar con claridad... Sabes, yo no debería estar aquí, sin embargo, lo estoy, por ti".

"No entiendo a qué te refieres..."

"Sophia..."

"¿Qué pasa con ella?", preguntó Rick.

"Ella aún no te saca de su cabeza, sigue pensando en ti..."

"Pero ¿cómo puedes decir eso? ¡Si está por casarse con Christian!"

"Eso nada tiene que ver", dijo Anne. "Tu estabas por casarte con Verona y viste cómo terminó. Además, recuerda... Nada es lo que parece".

Habían pasado seis años desde la última vez que Sophia había visto a Rick, y aunque siempre lo tenía presente, había aprendido a vivir así. Ella caminaba por la calle con Christian; se veía feliz, con una sonrisa en el rostro. Había descubierto que con él se sentía mejor, era su roca, como un escape a sus problemas.

Christian le dijo "Sí sabes que soy feliz, ¿verdad? Y me gustaría siempre verte feliz..." Sophia lo vio, sonrió y dijo: "Bueno, yo estoy feliz".

"No lo sé Sophia, muchas veces siento que no".

Mientras paseaban, Sophia comenzó a recordar a Rick, sobre todo esa noche en que caminaron juntos después de la iglesia, y sólo de pensar en eso, sonrió. Christian sabía que esa sonrisa repentina no era simple casualidad. "Estás pensando en él, ¿verdad?"

Sophia lo miró y, sonriente, le dijo. "No, claro que no, no estoy pensando en él, ¿qué te hace pensar eso?"

"¿En serio me preguntas eso? Después de todo lo que has hecho por él".

"Christian, lo importante es el matrimonio, tenemos que organizar todo", le dijo ella. "Claro, sólo quiero saber que estás bien, y que estás preparada para esto... No quisiera que las cosas vayan a salir mal..."

"No me digas que te vas a arrepentir y no vas a aparecer en la iglesia", le dijo Sophia. Christian sonrió, "Yo jamás te haría eso Sophia".

"¡Más te vale Rick!"

"¿Rick?"

"Christian, Christian... Perdóname Christian, sólo por un momento se me cruzó por la cabeza cuando lo dejaron solo en el altar".

"Ni me digas, yo estuve ahí... Fue una situación muy incómoda para todos nosotros. Después de todo, Rick es mi mejor amigo, y verlo así fue algo que también a mí me dolió".

"A todos Chris, a todos", dijo Sophia. "En todo caso ¿estás segura de hacer esto?" Ella sonrió. "Sí, ¡cuidado no te me apareces!"

Christian caminaba a su lado con una sonrisa.

"Chris, ¿qué has sabido de Nicole?" preguntó Sophia. "Bueno, tú sabes cómo es ella... No está de acuerdo con esto..."

"Lo sé, pero las cosas son como son..."

"Sophia, no todo gira a tu alrededor, tienes que entender que esta boda, al final del día, es una locura".

"Pero es algo que debemos hacer...", dijo ella. "No Sophia, no es algo que debemos hacer, es algo que te nace hacer".

"Lo sé, Christian, y siempre agradeceré que estuviste ahí para mí en todo momento, y eso me llena más que cualquier otra cosa".

Seguían caminando, dirigiéndose al bar. "Nicole y Anne ya nos están esperando...", dijo ella. "Pensé que no te caía bien...", dijo Christian.

"Me da igual, pero es amiga de Nicole y eso para mí es suficiente".

"Increíble que Nicole, al final del día, resultó ser una gran amiga tuya".

"Así es, a pesar de que no está de acuerdo". Sophia se detuvo, Christian también. "Yo merezco ser feliz", le dijo Sophia.

"Lo sé, una persona como tú lo merece todo", dijo él. "Dime una cosa Christian, tú ¿de verdad eres feliz?"

"Sophia, no tienes ni qué preguntarlo; claro que lo soy", y los dos siguieron su camino.

CAPÍTULO 7A

LA MESA

Faltaban tres meses para la boda de Sophia, y ella se encontraba en un local especializado en productos de decoración. Estaba feliz viendo las diferentes bases que iban a llevar los enormes jarrones llenos de rosas que adornarían el pasillo central de la iglesia.

Ya había elegido los que estarían en los costados, y estaba maravillada de la forma en que mostraba el bosquejo que iba a quedar todo. Cuidaba cada detalle, tratando de minimizar cualquier riesgo, ya que quería que todo en la boda fuera perfecto.

Era una mujer acostumbrada a planificar todo, a pesar de que había ciertas cosas que se le salían de las manos; pero hasta el momento todo iba acorde al plan.

Mientras hablaba con la dueña del local, a sus espaldas, tras el ventanal que daba a la calle, un hombre que pasaba caminando se detuvo al verla tras la mampara.

El hombre traía una chaqueta que le abrigaba y algo le protegía de la leve lluvia, como brisa, que había afuera. Y al pasar junto al local, llamó su atención la iluminación que radiaba dentro del lugar gracias a la presencia de Sophia. Era Rick.

"Sophia…", murmuró Rick.

Él no estaba pasando por un buen momento en su supuesto matrimonio debido a varios aspectos, sin embargo, a pesar de ser como era, siempre había sido un hombre leal.

Por unos segundos se detuvo, y al mirarla pensó en Verona. Y mientras veía a Sophia, feliz, quería acercarse a saludarla, al menos decir un "hola", pero no sería prudente.

Bajó su mirada y continuó su camino.

"Tuviste la oportunidad de impedir ese matrimonio ¡y no lo hiciste!"

"Impedir... ¿por qué habría de impedirlo? Ella ya encontró su felicidad, Anne".

Ella lo miró extrañada. "Dime una cosa Rick, ¿tú te equivocaste eligiendo a Verona?" En eso se acercó el camarero y les preguntó si deseaban algo más. Rick miró a Anne y ella dijo "No, porque es tarde y tengo que reunirme con alguien, pero para otra ocasión será..."

Rick dijo a camarero "Mire, tráigame dos *padrinos* inmediatamente, junto con la cuenta, por favor". Luego miró a Anne:

"Mientras esperamos la cuenta, nos bebemos esos *padrinos*, y ya". No pasó un minuto cuando el camarero regresó con sus bebidas.

Rick agarró su vaso y, mirándola a los ojos, dijo: "No Anne, nunca me he arrepentido de nada de lo que he pasado en mi vida, nunca... Es verdad que no estoy pasando por un buen momento, pero te recuerdo que nosotros somos nuestras experiencias. Bien o mal, hoy en día somos quienes somos de acuerdo a todas nuestras decisiones del pasado".

"Es verdad, ¡brindo por eso!" Anne agarró su padrino y bebieron, aun así, ella insistió… "Pero dime, ¿no te arrepentiste de no haber entrado al menos a saludarla?"

Rick se quedó pensando, "Te hubiera dicho que sí, pero el destino se encargó de que eso no pasara", dijo sonriendo.

"¿A qué te refieres?"

"Bueno, después de verla, y estando en un mal momento con Verona, seguí caminando unas cinco cuadras, impactado con el hecho de haberla visto. En ese momento sí me preguntaba si había tomado la decisión equivocada, quizás debería haber entrado… Hoy, tres meses después, te digo que no, pero en ese momento era para mí el fin del mundo".

Anne miraba la tristeza en el rostro de Rick, "Pero ¿qué pasó?"

"Bueno, no había avanzado una cuadra después de ver a Sophia cuando la lluvia se incrementó, el viento golpeaba más, y comencé a pasar frío. Además de estar mojado por la lluvia, el tiempo no ayudaba para nada a la melancolía, así que decidí hacer lo que mejor sabemos hacer los hombres en momentos así".

"¿Llorar?"

Rick sonrió y le dijo "No, no te voy a decir que los hombres no lloran, porque sería una mentira… obvio no como las mujeres… Pero encontré este restaurante y entré sin dudar. Al instante me asignaron esta misma mesa en la que estamos conversando, llamé para que me atendieran y pedí un *padrino*".

"Claro, ¡Beber tenía que ser!"

"Es mejor que el helado", sonrió Rick. "Bobo", le dijo Anne con una sonrisa. Rick agregó "A veces, sólo esperamos que el alcohol mate las neuronas que contienen esos malos recuerdos, pero al final del día, lo que hace es que te elimina algunos buenos… ya que los malos nunca se olvidan".

Anne puso su mano sobre la de él y preguntó "¿Y qué pasó con Verona?"

Rick levantó la mirada y le dijo "Espera, no he terminado..."

Anne puso sus manos sobre su barbilla.

"El destino se encargó de darme otra bofetada con guante blanco..."

Tres meses antes de la boda de Sophia...

Rick se encontraba en un elegante restaurante, en una mesa con vista a un enorme ventanal que daba hacia la calle. Le acababan de traer su *padrino* y pidió un poco de pan, además de la carta, para ver qué podía comer, ya que sentía el estómago vacío a pesar de haber tenido un buen desayuno.

Mientras bebía distraídamente, mirando hacia afuera, vio a Sophia cruzar frente a él.

Y la vio caminando con una gran sonrisa...

Sophia volteó a su derecha y lo vio, ahí sentado; su sonrisa automáticamente se desvaneció. Cruzaron miradas un instante, Rick sonrió y alzó la mano, tratando de ser cordial.

Sophia, con una mueca lo saludó, como afirmando el saludo y continuó su camino. Rick instintivamente se paró de su mesa, y mientras le decía al mesero "ya vuelvo", avanzó hacia la puerta.

"¡Su chaqueta!", le gritó el mesero. Rick no lo escuchó, o no le importó.

"¡Sophia! ¡Sophia!"

Ella avanzaba con su paraguas, protegiéndose de la lluvia, además de estar bien abrigada. Parecía que no le escuchaba, pero oía cada grito de Rick, y seguía caminando.

"Sophia, Sophia", le decía Rick, a escasos pasos de alcanzarla. Ella seguía su camino. No fue sino hasta que Rick se puso en frente de ella, cuando finalmente se detuvo.

"Rick", dijo Sophia, muy seria. Mientras las gotas de lluvia escurrían por su cabeza y el charco en la banqueta estropeaba sus zapatos Prada. Sophia lo veía frente a ella, temblando de frío. Despeinado y helado, era el perfecto escenario para una pésima primera impresión, pero Sophia no dejaba de ver su sonrisa, que iluminaba todo a su alrededor.

Rick, sonriendo, dijo: "Sophia, ¡qué sorpresa verte aquí!"

"Hola Rick", dijo con indiferencia.

"Sophia, que yo recuerde nosotros nunca nos peleamos, ¿por qué estás actuando así?"

"¿Así como?"

"Bueno, así... así", decía Rick, moviendo sus manos señalando todo el cuerpo de Sophia, expresando que toda ella estaba "así".

"Rick, no hemos hablado en años, y la verdad, no tengo nada que decir".

Él no dejaba de mirarla. "Todo lo contrario, Sophia, tenemos mucho que contarnos". Ella se cruzó de brazos... "¿Cómo qué?, por ejemplo... ¿lo feliz que estás con Verona?"

Rick se quedó callado por unos segundos. No sabía qué decir, pero lo que sí sabía era que se estaba muriendo de frío. Al comienzo había estado bien, cualquiera puede aguantar un rato de frío, pero esto es hasta que realmente comienza a bajar la temperatura del cuerpo.

Por más que una persona pueda aguantar, la madre naturaleza siempre tiene la de ganar. Así que, de su boca, solo salieron estas palabras:

"Sophia, tengo frío".

Ella miraba que temblaba, y mientras más lluvia le caía, más se mojaba y se congelaba, estaba realmente afectado por el frío... y seguía ahí...

Entonces, Sophia hizo lo que toda buena mujer haría en estos casos... Le alejó más su paraguas.

Rick sonrió y le dijo: "Sophia, al parecer no me has perdonado, y es mi culpa. Créeme que no soy culpable de la decisión que tomé, pero sí me arrepiento de no haber estado en contacto contigo... Eras mi amiga y jamás debí olvidarlo".

"Tu *mejor amiga*, Rick".

"Lo sé..."

"Debiste intentar buscarme", le dijo ella. "Lo sé", admitió. Rick sólo veía el paraguas. Sophia torció los ojos y dijo: "Métete bajo el paraguas, ¿por qué no traes abrigo?"

"Está en el restaurante", dijo él. Así que los dos retrocedieron hasta llegar a la puerta del lugar. Rick le dijo "¿no me quisieras acompañar?"

"¿A estas horas? Es muy temprano aun..."

"O algún café o algo, lo que tú quieras", dijo Rick.

"Rick, yo estoy por casarme."

"Lo sé Sophia..."

"Y con Christian", dijo ella.

"También lo sé, pero no te estoy pidiendo que te fugues conmigo, ni nada parecido... Sólo te estoy invitando a tomar un café".

"Lo siento Rick".

"¡¿Qué?! ¿Sophia no entró?" Preguntó Anne.

Rick sonrió.

"No puedo creerlo", dijo Anne, llevándose la mano a la cabeza. "Pero ¿qué pasó?" Rick, con toda la calma le dijo: "Bueno, era evidente, ella me odiaba", y mientras lo decía, le salía una enorme sonrisa.

"No me parece nada gracioso lo que estás diciendo", dijo Anne. "Es que no entiendes, pero ya te explico... El amor es igual al odio".

"A ver, repíteme bien lo que estás diciendo, porque me pareció escuchar que dices que el amor es igual al odio...", dijo ella. Rick sonrió de nuevo:

"Así es, mucha gente piensa que el amor es lo opuesto al odio, pero no. Es el mismo esquema visto desde dos puntos completamente diferentes... Por eso, cuando alguien ama y se siente traicionado, no es que deje de amar, sino que en automático canaliza el sentimiento como odio, porque todavía ama".

"Y entonces, ¿cuándo y cómo se deja de amar, u odiar entonces?", preguntó Anne.

"Bueno, como te decía hace rato, la solución es el verdadero perdón. Una vez que perdonas de corazón puedes continuar con tu vida, dando paso a la indiferencia. Donde no hay odio, no hay amor... sólo queda la indiferencia".

"Lo que no ocurrió en este caso, porque Sophia te odia", le recordó Anne. "Por ende, me ama...", dijo él.

Anne decidió enfocarse de nuevo en el tema. "Antes que nada, ¿por qué saliste a verla la segunda vez, y no entraste la primera?, cuando estaba en el local..."

"Bueno, mira... Yo estaba caminando en un lugar específico en esta gran ciudad, y precisamente me encontré a Sophia. Pudo ser obra del destino, pudo ser una coincidencia, podría haber sido cualquier cosa. Ahí tomé la decisión de seguir adelante. Pero cuando la vi por segunda vez, con cinco cuadras de distancia y en diferente dirección... ¿sí me entiendes? Pudo haber tomado cualquier otro camino, o pudo haber tomado un taxi, podría haber pasado cualquier cosa, y estaba ahí, enfrente de mí, mientras yo estaba en la mesa".

"Otra coincidencia", dijo Anne. "No, ya no. Obra del destino, el destino me estaba guiando hacia ella".

"Pero, ¿por qué ahora sí sería el destino?", pregunto Anne. "Sencillo, una es casualidad, dos es coincidencia... Las coincidencias no existen, son caminos que pone el destino. Entonces, la primera vez decidí seguir mi camino, pero al verla por segunda vez, supe que el destino me quería ahí".

"Con ella..."

"Sí", dijo Rick, totalmente convencido. "Con la mujer que se va a casar...", siguió Anne.

"...mmm, sí..." Dijo dudoso Rick.

"Y, aun así, odiándote o amándote, te dejó en el restaurante y se fue de ahí..." Rick sonrió de nuevo.

"Así es, pero realmente no lo hizo...

El destino actuó por tercera vez".

"Lo siento Rick", dijo Sophia.

"Bueno, te entiendo... Que tengas una bonita vida con Christian, y felicitaciones por la boda. No dudo que serás una novia encantadora". Sophia lo vio, su seriedad fue disminuyendo de intensidad, y le dijo:

"Gracias, y cuídate", e hizo ademán de seguir.

"Tú también Sophia..."

Y mientras Sophia se alejaba, Rick, un poco enfadado, entró al restaurante directo al baño, para ver si podía calentarse con algo.

Sophia cruzó la acera y siguió por la calle, y a través del ventanal vio la mesa de Rick. En ella vio servido el padrino que él había estado tomando. Sophia se detuvo y se quedó mirando el coctel.

Rick, después de haberse secado un poco y haberse lavado las manos con agua caliente para que su temperatura regresara a la normalidad, se acomodó el pelo y se fue directo a su mesa.

Y encontró a Sophia, sentada en su mesa.

Rick, sorprendido, se acercó lentamente… "Sophia, veo que decidiste aceptar mi invitación después de todo", dijo con su clásico tono de siempre.

"Rick, estoy aquí porque no me parece que estés bebiendo a las doce del mediodía. ¿Estás bien?"

"No, no… Tú sabes que normalmente, a deshoras sólo me sirvo un trago en tres ocasiones: Cuando firmo algún contrato y hay que festejarlo…"

"Cuando es tu cumpleaños", le dijo Sophia… "Y cuando paso por un mal momento específico", terminó Rick.

"Evidentemente no tienes cara de haber firmado un contrato, porque de ser así, no estarías solo… Obvio tampoco es tu cumpleaños… ¿Qué te ha sucedido hoy?"

"Tú, Sophia…"

"¿¿Yo?? Pero si el trago lo tenías servido desde antes de que yo pasara por aquí", dijo ella.

"No sé si fue el destino o una casualidad, pero te vi hace cinco calles en el local al que íbamos cuando me ayudabas con los preparativos para mi boda".

"Y si me viste ahí, ¿por qué no me saludaste en ese momento?"

"No lo sé Sophia, sentí algo tan fuerte que no quise afrontar por no confundirme, o confundirte... Por eso me fui antes de que tú me vieras, y así fue como llegué aquí".

"Y ¿cuánto tiempo estuvieron ahí?", preguntó Anne.

"Estuvimos conversando por cinco horas", dijo Rick.

"Dime la verdad Rick, ¿la besaste?" Él se puso serio "No, no. Hablamos de todo, conversamos de lo feliz que ella estaba... Y ¿sabes qué, Anne? Yo estaba feliz en ese momento, sintiendo su felicidad".

"Y en cuestión de segundos me dejó de odiar, fue como si nos hubiéramos visto el día anterior".

Anne lo miró, confundida. "Pero, ¿entonces por qué no fue indiferente? Digo, al dejarte de odiar..." Rick sonrió "De verdad sentía su amor en sus palabras... Y sentí una puerta que se abría, pero una que no podría cruzar", dijo Rick, nostálgico.

"Y de ahí, ya no supiste más de ella..."

"Todo lo contrario. Esa tarde, luego de ese encuentro, fui a mi departamento, destruido por dentro, dado que no la iba a volver a ver más... y resultó que Verona se terminó yendo de mi vida".

"Después me cuentas los detalles de eso, por el momento quiero saber qué pasó entre Sophia y tú".

"Bueno, a partir de ese día nos hemos estado reuniendo semana a semana, es más, hasta le he ayudado a elegir todo para la boda..."

"¿Todas las semanas?", los ojos de Anne se vieron más grandes. "A veces hasta dos veces por semana; y mínimo dos horas en cada ocasión".

"Rick, ¿y qué tanto conversaban en todo ese tiempo?" Rick agarró su trago y, sonriendo, guardó silencio. Y agregó: "Cuando la química es natural, siempre surgen temas".

"Sí, y también cuando la química es natural, son capaces de cometer locuras", dijo Anne.

"Lo sé…"

CAPÍTULO 8

LA BODA

Era el 15 de julio del 2007; el día de la boda de Sophia.

Rick y Anne estaban levantándose de la mesa, cada uno para irse por su lado. Y mientras Rick agarraba su saco, Anne se le acercó invadiendo su espacio, a unos diez centímetros de distancia.

Ahí estaban los dos, de pie uno frente al otro.

"Sé que me quieres dar un beso", le dijo Anne. "...Pero hoy no se trata de mí..." Mirándolo a los ojos, le dijo: "Rick, ¿quién dice que esas puertas no se pueden cruzar?"

Rick sonrió, "¿A qué te refieres?"

"No importa si se abren o cierran puertas, lo importante es ¿qué vas a hacer tú? Si vas a cruzar una puerta, o vas a seguir esperando al destino sin hacer nada. Rick, yo estoy dispuesta a cruzar una puerta contigo, y regresar a lo que teníamos hace años, aunque tú me cerraste esa puerta. Y entiendo, no estás preparado para eso, pero más allá de nosotros, sí te voy a decir una cosa... Debes actuar hoy".

"Pero no puedo tomar decisiones, por un lado, Sophia se casa en unas horas, y por otro, Verona no quiere saber nada de mí".

"Sí, lo sé Rick. ¿Crees que no me he dado cuenta de que esa es la razón por la que me buscas a mí?"

"Y eso no es lo que quieres", dijo Rick.

"Claro que quisiera estar contigo; pero no de esta forma. Primero debes solucionar tus problemas, debes decidir abrir o cerrar esas puertas... Mientras tanto, yo estoy aquí para apoyarte".

Anne le dio un abrazo a Rick y un beso en la mejilla. "Gracias por todo", le dijo. "Gracias a ti por acompañarme", dijo Rick. Anne le sonrió y se dio la media vuelta. Rick le dijo: "¿Qué hay de ti? ¿Vas a estar bien?"

"¿Te refieres a mi ex? Quizás necesito más de esas teorías tuyas, para poder perdonarlo... Aunque no deseo volver con él. Igual, gracias a ti voy a estar bien".

"¡Nos vemos pronto!" Rick levantó la mano, despidiéndose.

"Más pronto de lo que te imaginas", dijo Anne, mientras se alejaba. Antes de cruzar la puerta, volteó, miró a Rick, y le dijo "¡Gracias!"

Rick sonrió.

Mientras Anne cruzaba la calle, Rick volvió a abrir la libreta donde estaba la cuenta, y como un adicional dejó $300 de propina. Mientras iba de camino a la salida del restaurante, vio al camarero y al catador, y les dijo: "Gracias, de verdad. ¡Espero verlos pronto!", y fue atrás de Anne.

Saliendo, vio que Anne estaba usando el celular. "¡Anne, espera!"

Ella se volteó hacia él. "Estaba pensando, ¿quisieras salir conmigo nuevamente?"

"No, Rick... Sophia está a punto de casarse, y tienes que tomar una decisión definitiva respecto a tu situación con ellas dos. Primero soluciona eso, y luego veremos".

"Pero yo no estoy invitado a esa boda..."

Anne había llamado del celular a un taxi. El auto se detuvo, y mientras Rick le abría la puerta y ella ingresaba, le dijo: "Rick, ¿cuándo alguien te ha impedido lograr algo que verdaderamente quieres?"

Rick se quedó callado.

"Haz lo que quieras hacer. Regresa con Verona y cásate; o busca a Sophia y, al menos ofrécele la opción de salir por la puerta de atrás. ¿No deberías de estar ahí por si se quiere arrepentir? Quizás los dos están cometiendo un error..."

Rick sonrió y le dijo: "No pienso hacer eso; ¿qué hay de nosotros?, ¿nos volveremos a ver?"

"Claro que nos volveremos a ver, pero más adelante. Hoy tu mente está en otro lado. Haz lo que tengas que hacer, toma decisiones, y yo tomaré las mías..."

Rick cerró la puerta del taxi. Anne abrió la ventana y le dijo: "Rick, ¿sí sabes que eventualmente vamos a regresar? Yo sé lo que tengo qué hacer..."

Anne vio al taxista y le indicó: "Por favor lléveme a Queens, enseguida le doy la dirección exacta".

"Adiós, Rick", le gritó Anne.

"Hasta luego", le dijo Rick.

El taxi arrancó y Rick vio como se alejaba.

Rick se quedó pensando, nunca se había imaginado que su cita con Anne terminaría así. Él la había buscado por despecho, pensó que la tendría fácil... Pero no fue así; Anne le abrió su mente.

Y Rick tenía que tomar una decisión.

Sophia ya estaba lista, ya habían terminado de maquillar a sus amigas para el gran evento. Ella estaba guapísima y radiante en su espectacular vestido blanco.

Mientras la madre de Sophia estaba al borde de las lágrimas de la emoción, todas sus amigas hablaban a la vez y le decían lo hermosa que se veía, fascinadas de que al fin hubiese llegado el día que tanto había preparado... Sophia estaba nerviosa...

Sin embargo, estaba segura de lo que estaba haciendo, y permanecía firme en la decisión que había tomado.

Sólo faltaba una amiga por llegar; una chica que había conocido años atrás gracias a Christian, y se habían hecho muy buenas amigas.

En eso sonó la puerta.

TOC, TOC, TOC

La madre se acercó a la puerta para ver quién era, la abrió un poco y luego dijo: "Espera un segundo, déjame consultarlo con Sophia". Luego fue con su hija, "Sophy, tu amiga quiere hablar contigo..." mostrando un poco de ironía en su cara.

"¡Mamá!", le dijo Sophia, en un tono elevado. "¡Hazla pasar, por favor!" Mientras su madre fue a abrir la puerta, Sophia dijo a sus amigas "Discúlpenme, quisiera estar unos minutos a solas".

Todas vieron entrar a la persona responsable de que ellas se retiraran; y al salir, la miraban de pies a cabeza, nada contentas. La mujer que acababa de llegar...

Era Nicole.

Sophia se sorprendió de verla en jeans, "¿Sí sabes que tú deberías estar aquí con ellas?"

"No Sophia, quizás en otras circunstancias estaría aquí, pero..."

Ella la interrumpió "Nicole, hemos hablado miles de veces de esto, y Christian está de acuerdo". Nicole la miró, hermosa en su vestido, y le dijo: "Discúlpame Sophia, pero está mal. Lo que estás haciendo está mal, yo no estoy de acuerdo para nada, pero Christian está convencido de que es lo mejor para ustedes".

"Nicole, comprendo que no puedas entender la situación, pero es la única forma..."

"No Sophia, tú entiéndelo, no sé qué les pasa a tus amigas, ¿cómo pueden estar acolitando esto? ¡Esas no son amigas de verdad! Sé que te están dando su apoyo, pero no se trata sólo de eso, una amiga es la que te dice las cosas a la cara... Y esto que estás haciendo está mal".

Sophia la vio y le dijo: "Todavía estás a tiempo de arreglarte y llegar a la iglesia". Pero Nicole estaba decidida "No Sophia, no seré parte de esta farsa, jamás me lo perdonaría, ya suficiente he hecho con seguirle la intención a Christian... Pero tú sí estás a tiempo de detener esto".

"¿Y entonces a qué has venido?"

"A intentar impedir esta boda, esta farsa, pero veo que no vas a entender nada... y si no funciona ¿Qué?"

"Siempre hay que intentar hasta el último intento", dijo Sophia, con una lágrima en su rostro.

Nicole la miró y supo que no había nada más que hacer, se dio media vuelta y se retiró. "Suerte Sophia... Te deseo lo mejor, de verdad. Sólo quería que supieras que aún estás a tiempo de cancelar esta boda".

Sophia sonrió, y mientras la veía partir, dijo en voz baja "No hay marcha atrás", y, cerrando los ojos, agregó para sí: "Todo va a salir bien".

La madre de la novia entró a la habitación, "Sophia, ¿ya estás lista?" Ella miró a su madre, como desconcertada, y le escuchó decir:

"Ya es hora, es momento de ir a la iglesia..."

Eran cerca de las siete de la noche, Rick estaba en su departamento. Se acababa de dar un baño y caminaba hacia la zona del bar con dos toallas, una que le cubría la parte inferior, y otra sobre sus hombros.

En el bar, sacó una botella de whisky y otra de amaretto. Agarró un vaso corto y le puso hielo, y se fue a la sala. Mientras estaba sentado, sirvió medio vaso de whisky, y de ahí tomó la botella de amaretto y llenó el vaso hasta el tope.

Se sentó y comenzó a beber. Y mientras disfrutaba su bebida de siempre, miró a su alrededor. Era un cómodo y elegante departamento, no necesitaba nada más... luego observó que tenía por todos lados fotos de él y Verona, y al mirarlas, sonreía. Había sido muy feliz con Verona, y era una estupidez que estuvieran separados. Realmente tenía ganas de regresar con ella, después de todo, la extrañaba.

Pero, al mismo tiempo, no entendía cómo, estando rodeado de tantas fotos de ellos dos, sólo le pasaba por la cabeza otra persona... Sophia. Y mientras pensaba en ella, recordaba que sólo faltaba una hora para su boda.

Rick deseaba que Sophia pudiera gozar la misma felicidad que él había tenido con Verona; todo el departamento estaba lleno de recuerdos, situaciones, fotos y lugares que le recordaban lo feliz que había sido todo ese tiempo con ella; tenían una gran historia.

Rick, distraído, bebió un gran sorbo de su vaso.

No había nada en el departamento que le recordara a Sophia, sin embargo, seguía ahí, presente en sus pensamientos. Y por cada sorbo que él tomaba, más se llenaba de recuerdos y deseos de Sophia.

Él, aun dando su cien por ciento, no había aprovechado su tiempo con Verona al máximo. Hubo problemas que no pudieron superar; no pudieron concretar un matrimonio, no pudieron formar una familia...

Y ahora era Rick quien dejaría en el altar a Sophia; permitiendo que se casara con otro, con su mejor amigo.

Rick bebió lo que quedaba del vaso, y dijo en voz alta: "Sophia, ¿qué estás haciendo?"

En ese momento dejó de pensar por unos segundos, y vio a su alrededor, y en su mente, se vio en el departamento de Sophia, rodeado de fotos de ellos dos. Un increíble mundo imaginario llenó sus pensamientos... Y, en ese momento, Rick supo que debía actuar.

Rápidamente pensó que él debía llegar antes de que Sophia ingresara a la iglesia para poder darle la opción, y que ella eligiera qué hacer. Él necesitaba dar ese paso, necesitaba decirle que tenía el carro atrás, por cualquier emergencia... Necesitaba sembrar la duda y, antes de que se casara, preguntarle si estaba segura del paso que iba a dar. Pero tenía que llegar puntual, y esa no era su especialidad.

Así que decidió intentar llegar a tiempo. Se fue inmediatamente a cambiar, se vistió con su mejor traje; y cuando estaba por terminarse de arreglar, miró la hora, eran las 7:30 pm. Sabía que, de no salir en ese momento, no podría alcanzarla a tiempo.

Salió corriendo de su departamento, tomó el ascensor y, mientras se veía en el espejo interior, se decía a sí mismo: "Rick, ¿qué estás haciendo?"

Al abrirse las puertas del ascensor, salió corriendo y agarró el primer taxi. Apenas ingresó se dirigieron a la iglesia. Mientras recorrían la ciudad, Rick pensaba en lo que estaba por hacer. "Me estoy volviendo loco", se decía, mientras sonreía. En ese momento recordó que sólo un hombre enamorado es capaz de cometer locuras.

El taxi se detuvo frente a la iglesia. Rick tomó aire, se bajó y le dio una gran propina al taxista. Levantó la mirada, y se encontraba ahí, en frente de la misma iglesia en la que Verona lo había dejado plantado.

Se detuvo unos segundos ante la ironía de la vida. Y fue ahí cuando el recuerdo de Verona pasó por su mente. Miró a su alrededor, para ver cuando llegara la novia, y en ese momento se escucharon las campanas de la iglesia.

Volteó a ver su reloj, y supo que era demasiado tarde, marcaban las 8:10 pm. Sophia ya estaba adentro, casándose.

No podía creerlo, la boda había empezado, era demasiado tarde. Rick bajó su mirada; el destino había decidido que ella no era para él.

Derrotado, se alejó. Caminó buscando un taxi, y cuando finalmente uno se detuvo, supo desafiar al destino. Rick decidió no subirse al carro, cerró la puerta del taxi y corrió a gran velocidad hacia el interior de la iglesia.

Al entrar, a pesar de estar rodeado de la impresionante decoración que había elegido Sophia; jarrones llenos de flores, luces y velas por todos los rincones de la iglesia, sólo miró a Sophia, en el altar, con Christian.

Entró en desesperación y, automáticamente avanzó por el corredor central hacia el altar, corriendo.

Y sólo se le ocurrió hacer una cosa…

Gritó su nombre,

"¡SOPHIA!"

Sophia se volteó, Christian se volteó, todos los invitados se voltearon a ver…

En unos segundos la boda se había detenido.

Eran las 8:15 PM y Rick había interrumpido la boda de Sophia.

Todos estaban atentos a Rick.

Hubo unos segundos de silencio después de su desesperado grito llamando a Sophia. Todos estaban llenos de expectación, pendientes de lo que él iba a decir, no se escuchaba ni un murmullo. Sophia contenía la respiración mientras lo veía en medio del pasillo, como en pausa.

Y fue ahí cuando Rick finalmente pudo comenzar a hablar:

"Sophia, sé que no debería estar aquí, y mucho menos haciéndote esto en el día de tu boda, pero estos últimos tres meses…" Rick hizo una pausa… "Especialmente estos últimos tres meses me he dado cuenta de que tú no sólo fuiste, eres y serás mi mejor amiga, sino que, de una forma u otra, siempre has estado conmigo… y eres mucho más que eso".

"Rick…" Le dijo Sophia.

"Sophia, déjame terminar, no sé si Christian es la persona adecuada para ti, verdaderamente no tengo idea, lo que sí sé es que juntos, nosotros seríamos felices, y a pesar de que no te lo he demostrado, ya que vivo cometiendo errores, estoy aquí… Quizás tarde, pero aquí, para evitar que cometas un error y puedas elegir estar con quien verdaderamente amas".

Christian, en el altar, dio un paso hacia él, e inmediatamente fue detenido por Sophia, quien, mirando a Rick, preguntó: "¿Qué hay de ti, Rick?"

"¿Qué hay de mí?"

Sophia le hizo una segunda pregunta "¿A quién amas tú en realidad?"

La gente no perdía detalle de lo que estaba sucediendo. "Bueno, estoy aquí, Sophia… quizás es muy obvio…"

Christian bajó los escalones del altar y caminó hacia Rick. Rick sabía que esto no era nada bueno. Mientras se le acercaba, le dijo:

"Discúlpame Christian, no quisiera estar haciéndote esto, pero tú más que nadie sabes que yo debería estar ahí…"

"Así es, y no lo estás", le contestó, mientras avanzaba hacia él. Y cuando estuvo lo suficientemente cerca, Rick estaba preparado para recibir su merecido. Cerró los ojos, sabía que venía el golpe, y estaba dispuesto a aceptarlo, eso y más merecía por su intento de estar con Sophia.

Sin embargo, se llevó una sorpresa al recibir un gran abrazo. Rick, desconcertado, abrió los ojos.

"Yo confiaba en que podías hacerlo Rick, no te creía capaz, pero siempre te tuve fe", sonrió Christian. Rick, sorprendido, le dijo "¿A qué te refieres? No entiendo…"

"Vamos, conoces a Sophia mejor que nadie…"

Rick seguía sin entender. "Abre los ojos, amigo, mira a tu alrededor…" Completamente confundido, miró a sus alrededores, y, de todos los invitados, sólo reconoció a la gente que estaba en la primera fila: La madre de Sophia y sus siete mejores amigas.

"Así es, Rick", le dijo Christian.

Rick, luego de mirar hacia todos lados, y con la duda en su cara, volteó hacia Sophia, y ella, desde el altar, dijo:

"¡Retírense!"

Cerca de mil personas se levantaron inmediatamente y comenzaron a retirarse en silencio, hasta dejar la iglesia vacía. Sólo quedaron Sophia, Christian, las siete inseparables amigas de Sophia, su madre, Rick, y el sacerdote.

No habían pasado ni cinco minutos cuando estaba el templo sólo para ellos. Rick miró a Christian, y él le dijo: "Hermano, ¡es ahora o nunca!"

Rick volvió a ver a Sophia.

Y ella decidió hablar:

"Rick, el día en que te casabas y te dejaron solo en el altar, fue el día en que yo me di cuenta de que te amaba. De haberlo sabido antes, habría detenido todo por ti. Casi muero atrapada en "ser tu mejor amiga"

...pero los mejores amigos no existen, sólo son una fachada, una barrera que la gente inventa para no cruzar la línea de declarar su amor".

Rick seguía confundido, y Sophia seguía hablando... "Y hoy estoy aquí, y me he tomado la molestia de hacer todo esto, sólo para hacerte una pregunta..."

Rick dio un paso hacia Sophia, mientras le parecía interminable el instante que ella tardaba en hacerle la pregunta...

"Rick, ¿te quisieras casar conmigo?"

Rick se quedó callado, impactado volteó hacia Christian, y este le dijo: "No me mires a mí; todo esto lo hizo Sophia por ti, hasta los invitados fueron pagados para que tú te dieras cuenta de a quién amas realmente".

Rick volvió a centrar su mirada en Sophia, estaba ahí, preciosa, arriesgada, dispuesta... Ella, con total seguridad le dijo:

"Es ahora cuando tú decides si soy yo quien se queda en el altar. Sólo que esta vez habría una diferencia..."

Rick se acercó dos pasos más hacia ella y le preguntó "¿Cuál sería esa diferencia?"

"Que, si tú te vas, yo no me quedaría con la persona a quien amo, apoyándome hasta el final".

Rick recordó cuando Sophia se había quedado junto a él, por tres horas, hasta el final, cuando su corazón había sido destruido por Verona. Christian le mostró su apoyo agarrándolo del hombro y, con una sonrisa, le dijo al oído "Ella está loca..."

Rick lo miró a los ojos. "...pero al menos, loca por ti..."

"Entonces, ¿tú y ella?"

"Nada más que mejores amigos, como siempre lo hemos sido, claro que no como *mejor amigo*. Rick, jamás voy a fallar a un amigo, existe un código…" Miró hacia la puerta, volteó de nuevo a ver a Rick, y le dijo: "¡Todo esto fue para ti!"

"¿Y si no hubiera venido?"

"Rick, ¡es Sophia!, ibas a venir, ella te conoce demasiado bien. Ha estado planeando todo, hasta el último detalle… ¿Por qué crees que se han estado viendo y hablando los últimos tres meses? ¿Crees acaso que fue una coincidencia que se encontraran ese día? ¡Fue ella! Sophia ha estado sembrando ideas para que tú aparecieras hoy".

"¿Qué hay de ti?"

"¿De mí? ¡Suficientes problemas he tenido con Nicole por esto!"

"¿Nicole?"

"Nicole… ella sí es mi *mejor amiga*, de hecho, está viniendo para acá, quedó en recogerme en este momento, nunca estuvo de acuerdo con esta locura".

Christian le dio un gran abrazo y se dirigió a la salida de la iglesia. Mientras se iba, de espaldas le dijo "No lo arruines Rick, no te voy a ofrecer un escape de salida esta vez".

Rick vio a Sophia.

Y cuando la miró, vio una imagen tan ponderosa… Vio a Sophia vestida de novia, con el sacerdote a su espalda. Ella estaba de pie, majestuosa, esperando una respuesta. Sólo faltaba el novio…

El sacerdote pregunto "Vamos a continuar con el matrimonio, ¿o no?"

Rick miró al sacerdote, volvió a ver a Sophia… Se acercó lentamente por el pasillo de la iglesia…

Mientras caminaba, volteó hacia la primera fila, y estaban ahí la madre de Sophia y sus amigas, todas con cara de nervios.

Rick llegó junto a Sophia, la tomó de la mano…

"Sophia…"

Ella por primera vez dudó, se le fue la sonrisa...

"No te va a gustar lo que te voy a decir..." Sophia se llevó la otra mano a la boca. Lo miraba sin parpadear.

"...pero no era la fecha que hubiera elegido para casarme contigo".

Sophia lo vio confundida.

Rick se situó a su lado, en el lugar del novio; miró al sacerdote y le dijo: "Continúe con la boda", con una gran sonrisa en la cara.

Sophia sonrió, mientras una lagrima caía por su mejilla.

Era sin duda el momento más feliz de su vida...

Rick la miró, sus ojos le reiteraron su amor, todo había valido la pena.

Agarró su mano, y la boda continuó...

MATERIAL ADICIONAL PARA SER LEIDO SOLAMENTE DESPUES DE FINALIZAR EL LIBRO.

Si crees que este libro es entretenido, no puedes perderte su contraparte, *Un beso de despedida 2*. Al igual que *Un segundo beso de despedida*, relata lo acontecido después de aquél día en que Rick fue plantado en el altar, pero la experiencia es completamente diferente.

Un mismo acontecimiento desde dos perspectivas diferentes, después de todo, siempre hay dos versiones, siempre hay dos verdades. Ha sido el destino quien eligió la experiencia que acabas de leer, pero tú puedes decidir conocer la otra mitad... y sacar tus conclusiones.

¿Tengo que comprar el otro libro para entender la historia?

No, no tienes que hacerlo. Podrías seguir leyendo la tercera parte de esta pequeña saga sin necesidad de saber lo que pasó en la versión alterna de esta segunda parte, ya que es la misma historia; aunque en ambas hay experiencias diferentes.

Sin embargo, si lo has adquirido en amazon.com —ya sea en pasta blanda o formato Kindle— tienes disponible en forma gratuita la versión digital alterna para que disfrutes conociendo el otro punto de vista. Ya sabes, una misma realidad cambia cuando conoces las dos partes.

Muchas cosas tomarán sentido una vez que leas el libro que no escogiste. El destino se encargó de que leyeras uno primero, pero tu libre albedrío decidirá con cuál historia te quedas.

¿Nicole y Christian son pareja?

Así es, Christian, siendo el mejor amigo de Rick, sabía que él amaba a Sophia, y ella decidió probar esa teoría llevándola al extremo en la práctica. "Matrimonio sorpresa, poco probable", dirían muchos... Pues Sophia no reparó en gastos y arriesgó todo por el sueño de su vida. Después de todo, el amor hace cometer locuras; a veces funcionan, a veces no.

Christian siempre apoyó a sus amigos. Nicole trató de apoyarlo, aunque no estaba de acuerdo con el estilo de persuasión de Sophia, pues para ella era una manipulación.

¿Sabremos más de Anne?

Anne fue mencionada en la primera parte de la historia, catalogada como la ex. En esta segunda parte, aunque interviene más, no se ve mucho de ella; incluso es difícil saber cuál es su verdadero propósito, pero sin duda desempeñará un papel importante en la tercera parte de *Un beso de despedida*.

¿Por qué no amaneció ese día?

Tal como se mencionó en el primer libro, esto es un *Easter Egg*, del libro "Act of God: El Elegido y los 3 días de Oscuridad." La fecha en que sería la boda es una noche antes del primer día de oscuridad en la saga. A pesar de que las historias no tienen nada que ver la una con la otra, ya que esta es una novela de romance, mientras que el otro es ciencia ficción; este pequeño acontecimiento puede estar también a interpretación del lector. Sin embargo, para el escritor todo está dentro del mismo universo, a pesar de que las historias no se mezclan.

Ahora, si encontraste algo adicional que pudiera aparentemente no tener mucha relación con los otros dos libros, es un *Easter Egg* adicional de Act of God. A continuación, encontrarás un avance de los primeros dos capítulos de esta gran saga de siete libros.

El Elegido y Los Tres Días de Oscuridad

PREVIEW

Act of God (definición) – Un evento impredecible, fuera del control humano, como: inundaciones, terremotos, erupciones volcánicas, y otros desastres naturales y sobrenaturales.

La Saga de Act of God es creada por Oswaldo Molestina.

Todos los derechos reservados ©

ISBN: 978-9942-36-131-8

Este es un trabajo de ficción. Nombres, caracteres, lugares e incidentes son producto de la imaginación del autor, o son usados de manera ficticia.

Instagram: @actofgod.777

De venta en Amazon.com

CAPITULO 1

"El regreso de un dios…" Su voz jadeante y trémula se perdió en el ruido de la gente que pasaba a su lado, de prisa, sin siquiera notar su presencia. La capucha de su sobretodo azul escondía de la vista de los transeúntes sus facciones desfiguradas y sus ojos llenos de terror. "Me está buscando… viene por mí", murmuraba una y otra vez.

Era el 4 de julio del año 2000, y él veía sentado desde una vereda cómo los minutos se convertían en horas en un reloj de la ciudad de Nueva York. A las 12:15 pm, comenzó a moverse a una gran velocidad, corriendo las cuatro cuadras que lo separaban del hospital, cruzando por delante de los carros, abriéndose paso a empujones desesperados entre la gente, y cuando ya estaba llegando, logró trepar casi a saltos la escalera de la salida de emergencia, y entró por la ventana lateral del edificio. Siguió en su loca carrera, esquivando enfermeras y pacientes hasta llegar a su objetivo: el ala de maternidad.

En su camino, pasó junto a una docena de guardias de seguridad, derribándolos uno a uno, antes de que éstos pudieran reaccionar. Nadie iba a detenerlo.

Cuando Floyd llegó a la sección de Nacimientos empujando y derribando al policía encargado de la seguridad del piso, buscó en recepción el nombre de una paciente que estaba a punto de dar a luz a un niño, y se dirigió corriendo a esa habitación. De repente, una intensa luz blanca iluminó el pasillo, y todos los guardias, enfermeras y doctores comenzaron a detenerse, quedándose paralizados como estatuas de carne y hueso. Como si el tiempo se hubiera detenido, como si cada segundo se hiciera eterno. Floyd se asustó y comenzó a gritar: "Finalmente me has encontrado, y estás aquí para terminar conmigo; pero no moriré tan fácilmente."

De la luz, emergió un ser vestido completamente de blanco. Floyd se le acercó:

"Orin... pensé que era Él quien me venía a buscar. Espero que no estés aquí para intentar detener mi misión."

"¿Quién eres tú?" dijo Orin, a modo de respuesta.

"Puedes llamarme Floyd, como recuerdo habértelo dicho" dijo éste, con un dejo de ironía.

Orin lo observó fijamente, sin inmutarse. Lo encontraba extrañamente familiar.

Floyd añadió: "He venido a presenciar este gran acontecimiento, y tratando de llegar a él me encuentro contigo."

"¿Qué intentas hacer?" preguntó Orin.

Floyd, mirándolo fijamente a los ojos, le respondió: "Tú no sabes nada aún, así que apártate y déjame entrar."

Orin inmediatamente lo agarró del brazo, y sin mayor esfuerzo lo lanzó al otro extremo del corredor de esperas de la sección de Maternidad.

Floyd dijo: "No tengo mucho tiempo, Él me está siguiendo, y estoy muy débil y lastimado para atacarte. Créeme, soy mucho más fuerte que tú, sólo que necesito recuperarme, pero del poco tiempo que me queda te voy a contar."

Orin, muy atento y con cara de sospecha y curiosidad, escuchó a Floyd. No podía evitar sentirse profundamente ligado con aquel ser de aspecto repulsivo.

"Habrá una gran guerra, miles morirán en el cielo, millones en la tierra, cuatro intentarán destruir el mundo..."

Una expresión de puro terror atravesó el rostro de Floyd, como si hubiera sentido la presencia de aquel que lo seguía, así que le dijo a Orin: "El elegido de Sagar es la última esperanza." E inmediatamente desapareció.

A los pocos segundos, Orin sintió una presencia que no pudo oír, ver o tocar. Hizo un gesto casi imperceptible con su mano, y de inmediato las personas del pasillo recobraron el movimiento. Orin caminó con tranquilidad entre ellas, sin ser percibido, y entró en el cuarto al que tanto deseaba llegar Floyd.

En la cama yacía una mujer en labor de parto, con el pelo claro empapado, y sus ojos azules anegados de cansancio y dolor. A su lado, su joven esposo intentaba reconfortarla, pero se notaba su nerviosismo por la manera constante en que se llevaba las manos al pelo castaño y largo. Frente a la mujer, el doctor y la enfermera la asistían en el proceso de alumbramiento.

Cuando el niño emitió su primer llanto, dándole la bienvenida a la vida, su madre pensó que todas las horas de dolor habían valido la pena.

"Eloy ha nacido," murmuró Orin emocionado, mientras se desvanecía hacia la nada.

"Felicitaciones, Helen y Josune. Son padres de un varoncito perfectamente saludable," dijo el doctor. La mujer sonrió débilmente, mientras apartaba los mechones de pelo húmedo de su cara. "Josune, ¿quisieras cortar el cordón?" preguntó el doctor. El padre hizo un gesto afirmativo. "Leire, las tijeras, por favor." La enfermera, una mujer fuerte y amable, le dio las tijeras a Josune Saga, y éste completó la tarea con manos temblorosas. "Gracias, doctor Elmrys", dijo emocionado.

El doctor le entregó al niño a su madre, quien recibió en sus brazos con lágrimas de alegría al pequeño Eloy. El padre, también muy dichoso, no pudo contenerse y abrazó al doctor, para luego sentarse junto a su esposa y su recién nacido. Finalmente, el doctor Elmrys y la enfermera salieron del cuarto, para dejar a la familia compartir este íntimo momento.

El Doctor John Elmrys le dijo a la enfermera: "De todos los niños que he ayudado a traer al mundo, es la primera vez que sentí el cuarto lleno de paz, como si Alguien nos estuviera cuidando."

"¿Se refiere a Dios?" preguntó Leire Jones, sonriente. Era raro que el doctor hiciera referencia a la existencia de un ser superior.

"Puede ser... ¡Fue increíble! Nunca había sentido algo-" fue interrumpido por un guardia que se le acercó precipitadamente.

"¡Doctor! ¡Doctor Elmrys!" dijo el guardia, evidentemente muy alterado.

"¿Qué sucede, Ricker?" Éste, con un tono elevado de voz, le dijo: "Doctor lo necesitamos, hay guardias muy lastimados, y dos ya han perdido la vida." El doctor, corriendo hacia las víctimas, se encontró con otros colegas que ya habían empezado a tratarlas, e inmediatamente se puso a ayudar. A pesar de intensas horas de trabajo, la mayoría de los heridos fallecieron, y esa paz que el doctor había sentido horas atrás quedó en el olvido.

El doctor Elmrys miró confundido y triste a la enfermera Leire, quien era su mano derecha, y se había convertido en su mejor amiga. "No entiendo qué pasó aquí. De lo que pude escuchar, vino un loco mientras estábamos en el parto de Helen y comenzó a derribar a todo guardia que se atravesaba; me cuesta creer que haya tanta maldad, ¿qué tipo de Dios permite que suceda algo así...?"

"Que coincidencia, el día que siente más paz en un cuarto, sintió a Dios, y más tarde encuentra la maldad en el mundo entero y ya no cree en él. ¿Qué significa eso?" cuestionó Leire, con una sonrisa.

El doctor Elmrys, al ver esa sonrisa y pensando en lo que le decía Leire, le dijo: "Yo no creo en las coincidencias, simplemente la vida es injusta. Nunca se olvide que, si yo le salvo la vida a alguien se lo agradecen a Dios, y si el paciente se muere siempre será culpa del doctor."

Desde su habitación, Helen se preguntaba a ratos qué era todo ese ruido que se escuchaba afuera; pero cuando veía a su bebé mirándola con esos pequeños ojos azules que había heredado de ella, se olvidaba del mundo entero. La madre miró al nuevo padre y le preguntó "Josune... ¿quisieras cargar a tu hijo?" Sin pensarlo dos veces, pero muy nervioso, él le dijo que sí.

Mientras sostenía a su hijo en brazos, Josune empezó a hablarle: "Eloy, sé que eres sólo un bebé, pero por favor no olvides nunca lo que voy a decirte..." La madre sonrió y le dijo "¡Qué dices, Josune, pero ni siquiera te va a entender... es tan sólo un bebé, que escucha tus palabras como si fueran una melodía sin letra!"

"Es que yo le quiero expresar algo para que nunca lo olvide, para que lo ayude a definirse como persona," dijo Josune.

"Entonces díselo y yo lo escribiré aquí en este libro en blanco." Helen sacó de su cartera un curioso libro de apariencia antigua. "Así lo tendrá de recuerdo toda su vida."

"¿Un libro de páginas en blanco? ¿De dónde lo sacaste?"

"Josune, algún día te cuento esa historia, por el momento déjame escribirle lo que quieras decirle. Voy a anotarlo en la primera página."

Josune pensó unos instantes, y luego le dictó la siguiente leyenda:

"Nada es imposible; todo se puede hacer."

Y Helen lo escribió.

Durante la tarde, después de tanta felicidad en el cuarto, y tantos problemas con el trágico acontecimiento del hospital, el doctor Elmrys decidió ir a visitar al pequeño Eloy y su madre, para ver que todo estuviera en orden.

En el momento en que el doctor entró al cuarto con Leire, Josune se le acercó para decirle: "Verdaderamente le agradezco un mundo que mi hijo haya nacido en tan buenas manos." El doctor miró a la enfermera, mientras ésta le susurraba: "Si ya es hora de creer en coincidencias, ya es hora de comenzar en creer en alguien más." El doctor sonrió.

De pronto, Josune sintió una punzada en el estómago. Se dio cuenta de que ya era tarde, y recordó que no había almorzado. El doctor le recomendó algunas opciones de restaurantes cerca del hospital, y Josune optó por ir a comprar algo de comer a un lugar italiano que quedaba a unas seis cuadras. Era un hombre bastante atlético, acostumbrado al ejercicio físico, y una caminata vigorosa le vendría bien. "¿Por qué no lo acompañas, Leire? Tampoco has comido nada, y tu turno está por finalizar." La enfermera accedió. "De acuerdo. Sólo necesito terminar de llenar unos formularios, que me tomarán unos 20 minutos. Yo lo alcanzo."

Una vez fuera del hospital y antes de llegar a su destino, Josune escuchó un ruido a sus espaldas, como el crujido de hojas de otoño bajo sus pies. Miró hacia atrás y se encontró cara a cara con Floyd, que lo había estado siguiendo impacientemente.

Floyd lo agarró del cuello y lo levantó con una sola mano, apresándolo contra la pared. Josune, asustado, intentó zafarse con toda su fuerza, sin conseguirlo. "Quiero contarte una historia", le dijo Floyd, mirándolo fijamente a los ojos.

"Dos ejércitos pelearán, en cada ejercito habrá un comandante y cuatro que lo seguirán. De un ejército el comandante ordenará y los cuatro liderarán. Uno de esos cuatro una terrible historia tendrá. Los otros dos una gran cicatriz en su brazo derecho mostrarán, uno de estos dos será el peor, y el cuarto es el ángel que representa a la muerte. En el otro ejército el comandante atacará, y el problema es el principio que dejará y los cuatro con caballos a todos levantarán, y esta guerra hay que evitar, porque después de esto uno solo quedará"

Josune pensó que estaba siendo atacado por un demente asesino. No entendía nada de lo que le decía este tipo de desagradable aspecto. Así que decidió mostrarle que no tenía miedo. Pensó que era mejor no enfrentarlo, sino intentar calmarlo.

"¿Y qué tiene que ver esta historia conmigo?" dijo Josune "¿De dónde has salido tú con tus visiones extrañas? Me asustaste al comienzo; pero veo que no tengo que preocuparme por ti."

"Sí tienes que asustarte, yo fui el que estuvo en el hospital, hace unas horas, y quise llegar a ti... pero sentí la presencia del que me sigue, y tuve que escapar".

"¿Tú mataste a toda esa gente en el hospital?" preguntó Josune.

Floyd no contestó.

"¿Quién es ese que te sigue?"

"Él está en el hospital, buscándome para terminar lo que comenzó, no puedo dejar que me atrape, no aquí. Escúchame bien, la *próxima* vez que nos veamos va a ser la *primera* vez que te conozca y créeme, nada bueno pasará ahí."

"Todavía no entiendo qué quieres conmigo."

Con un gesto burlón en su desfigurado rostro, Floyd puso su mano sobre la cara de Josune, y éste sintió una fuerte energía, acompañada de un dolor intenso que lo hizo gritar.

Luego Floyd lo soltó, y mientras se desvanecía en la oscuridad del callejón, con una sonrisa maligna, le contestó:

"Contigo no; con tu hijo".

Minutos más tarde, la enfermera Leire llegó a la calle donde estaba Josune tirado en el suelo. Parecía estar muerto, pero al revisar sus signos vitales, supo que todavía podía ayudarlo. Llamó a la emergencia desde su celular, y en menos de 4 minutos llegaron los paramédicos con la camilla para llevarlo al hospital del doctor Elmrys. Josune estaba inconsciente, con serias heridas en los ojos, pero seguía con vida.

Mientras tanto, en su habitación, Helen intentaba alimentar al pequeño Eloy. Leire entró muy seria, la miró y le dijo: "Helen, Josune acaba de entrar al hospital." Helen dijo: "Ya era hora... pensé que había ido a comprar comida, no a sembrarla. Por favor dile que venga, que lo estamos esperando..." Leire la interrumpió nuevamente: "Josune fue ingresado como un paciente; está verdaderamente herido. Al parecer fue atacado a unas cuatro cuadras de aquí". Helen se paró con dificultad de la cama, muy asustada: "¿Qué le pasa? ¿qué tiene?" En ese momento, el doctor Elmrys entró a la habitación; tenía una sombra de amargura en sus ojos grises.

"Helen... acabo de revisar a Josune. Ya está estable y se repondrá. Le he salvado los ojos, pero al parecer ha perdido la vista. Dentro de un par de horas podrás verlo. Lo siento tanto..." dijo el doctor Elmrys, lleno de culpa.

Helen esperó a que el doctor la dejara a solas con su hijo, y empezó a llorar, desconsolada. No entendía cómo podían entrar en su pecho tantas emociones contradictorias. Después de unas horas se tranquilizó, y luego de dejar al pequeño Eloy encargado a una de las enfermeras, se dirigió hacia donde estaba Josune. Al ver que estaba mejor, le preguntó lo que había pasado. Él, dirigiendo su cara hacia ella, aunque sin poder ver nada, le contó lo que recordaba de lo sucedido. Inmediatamente, como una loca, Helen corrió a ver a su hijo, y se lo llevó con ella a donde estaba su padre, para protegerlo. Cuando Josune los escuchó entrar, dirigiendo su cara hacia arriba le dijo a Helen:

"No podré ver, pero siempre lo cuidaré." Agarró la mano del pequeño Eloy, y al girar su cabeza hacia el niño, se detuvo durante un buen rato, en silencio, como desconcertado.

"¿Qué te pasa Josune?", preguntó Helen al ver la actitud de su marido. Sin responder, Josune llevó sus manos temblorosas hacia su cara y empezó a retirarse las vendas de los ojos, mientras mantenía su cabeza en dirección a Eloy. Helen, desesperada, intentaba disuadirlo. "Josune, ¿qué haces? ¡Déjate las vendas, te vas a lastimar!"

"Helen, no vas a creer esto, pero... puedo ver al niño; lo veo como una silueta de luz blanca", dijo Josune, sin salir de su asombro.

"¿Cómo puedes verlo, si estás ciego? Es imposible." replicó Helen. Josune le respondió:

"No lo sé Helen. Pero lo veo a él. Sólo a él."

CAPITULO 2

Las puertas del vagón volvieron a cerrarse, luego del apresurado intercambio de pasajeros entre la plataforma gélida y el atestado interior, y el metro siguió su camino hacia el oeste de la ciudad de Nueva York, con un quejido sordo. Eran poco más de las 8:00 am, y Helen notó con un dejo de preocupación que aún no había amanecido.

Josune estaba enfrascado mirando la silueta de luz del pequeño Eloy, en su cochecito, quien a sus siete meses ya hacía todos los movimientos y juegos correspondientes a su edad. Con aire distraído le preguntó a su esposa en voz demasiado alta: "Yo estoy convencido de que él es especial."

"Claro que sí, todo hijo lo es para sus padres," respondió Helen aparentando naturalidad, mientras hundía su codo en las costillas de Josune para recordarle que habían acordado mantener la peculiar característica de su hijo entre ellos, y no compartirla con el resto del mundo.

"No es eso a lo que me refiero," dijo Josune, en un susurro. La estrategia del codazo nunca fallaba.

"Entonces ¿qué tratas de decir?" susurró ella a su vez.

"Tú sabes lo que te trato de decir, te he hecho la misma pregunta durante siete meses."

"¿Y qué te hace pensar que voy a tener una respuesta diferente hoy? Yo creo que lo que verdaderamente te quieres preguntar es si tú eres especial también."

"Sí me lo he cuestionado en algunas ocasiones, pero he estado pensando lo que pasó ese día en el hospital, el día del nacimiento de Eloy. Todo lo que pasó fue muy raro, comenzando por ese loco que hablaba cosas incoherentes, y me dejó ciego, después de matar a esa pobre gente. Pero lo que no entiendo es, ¿por qué lo veo?, ¿por qué puedo ver a mi hijo?"

Helen recordó que no había sido fácil para ella creerle a su esposo. Había sido para ellos un arduo proceso adaptarse a la nueva situación de Josune; él aún estaba aprendiendo a desenvolverse, y necesitaba ayuda para realizar las más sencillas tareas cotidianas, lo cual era muy poco conveniente considerando que tenían un recién nacido en casa. Pero sus dudas se despejaron al ver que cada vez que ella había llevado al niño a otra habitación para cambiarlo o alimentarlo, él siempre sabía dónde encontrarlo, aunque no estuviera haciendo ruido alguno. En ese momento, el pequeño Eloy movió su mano hacia su padre, y Josune se la estrechó. Helen creía que existía entre ellos un vínculo muy especial.

"¿Es nuestro niño en serio... diferente?" insistió Josune.

"No lo sé, verdaderamente no lo sé", respondió Helen, algo exasperada. Pero su impaciencia se convirtió en emoción cuando se dio cuenta del lugar donde se había detenido el metro. "¡Llegamos! Esta es nuestra parada... Ya estamos muy cerca de nuestro nuevo departamento."

Josune sonrió, pensando en lo alegre y optimista que era su esposa. Desde el momento en que Helen vio el departamento, estaba decidida a que fuera de ellos. El mes anterior, ella lo había convencido para ir muy temprano, para lograr ser los primeros en entrevistarse con el arrendatario. Éste se había quedado encantado con la joven familia, en especial el pequeño Eloy, y los había llamado una semana después para firmar los documentos finales, y coordinar el pago. Habían convenido en hacer la entrega de las llaves en la mañana del 14 de febrero. "Sé que estaremos cómodos y seguros ahí" afirmó.

"Según lo que me contaste, alguien quería hacerle daño a Eloy, pero veo que en siete meses no ha pasado nada... no creo que deberíamos angustiarnos, pero sí estar alerta," dijo Helen.

"Siempre alerta," confirmó Josune.

Al salir de la estación del metro, los recibió la brisa helada de invierno. Helen acomodó bien la cobija azul en el cochecito de Eloy, para protegerlo del frío. Las luces de la calle seguían encendidas, y el cielo seguía oscuro. "Josune, todavía no ha amanecido," dijo Helen. La gente parecía percatarse cada vez más del tema. Unos miraban al cielo con insistencia, como si pudieran hacer salir al sol con la fuerza de su pensamiento; otros, se detenían ante los televisores en las vitrinas de los locales comerciales, para ver si en las noticias matutinas podían encontrar la explicación de este extraño acontecimiento. Josune, guiado por la costumbre, levantó la mirada al cielo, buscando el sol, pero no pudo ver nada. Bajó su mirada y siguió caminando junto a su esposa, mientras escuchaba a algún experto alegando en las noticias que esta anomalía sí podía tener una explicación lógica.

Luego de caminar un par de cuadras, llegaron al edificio de su nuevo departamento. Después de saludar cordialmente al arrendatario en el lobby, éste les entregó las llaves con una sonrisa. "Sé que serán muy felices aquí", afirmó, a modo de despedida.

Mientras subían en el ascensor hasta el piso 7, Josune comenzó a sentir una extraña ligereza, y sus piernas empezaron a temblar. De repente, cayó al suelo, sacudido por fuertes convulsiones. Empezó a ver tras sus párpados una luz roja opaca, como la sangre, atravesada de arriba abajo por miles de rayas blancas y negras, y comenzó a visualizar siluetas humanas, en movimiento constante. Desesperado, comenzó a gritar: "¡Helen! ¿Dónde estás? ¿Helen?"

Helen, muy asustada, tenía a su hijo en brazos, envuelto en su cobija azul. Se arrodilló y sujetó a Josune de la cabeza. Josune seguía agitándose, y en uno de esos violentos movimientos empujó a Helen con tanta fuerza que hizo que ésta soltara al niño de sus brazos por un segundo. Eloy estaba cayendo al piso cuando en un acto reflejo, su madre alcanzó a agarrar la sábana azul, salvando al pequeño Eloy de un fuerte golpe. En ese momento, un destello azul tan fuerte como un rayo, llenó el ascensor, dejándolos a todos ciegos por su luminosidad. Hasta Josune pudo percibir este resplandor azul.

Helen preguntó: "¿Estás bien? ¿Qué fue esa explosión? ¡Eloy! ¿estás bien? ¡mi pobre pequeño!" Helen estaba muy contrariada y confundida, y Josune, quien ya se había quedado quieto y empezaba a recobrar la consciencia, ponderaba en silencio lo que acababa de pasar.

Mientras Helen acariciaba la cabeza del bebé, se dio cuenta de que algo había cambiado en el pequeño.

"Josune, el bebé tiene ojos azules."

"Claro Helen, tiene tus ojos... eso lo vimos el mismo día en que nació. ¿Por qué lo mencionas ahora?"

"Sí, pero ahora los veo diferentes, no como cuando nació, no es el azul grisáceo de mis ojos... es un azul eléctrico, como el de ese rayo azul..."

Josune la interrumpió: "¿Tú también viste el rayo azul? ¿Y las imágenes blancas y negras en ese fondo rojo como lluvia de sangre?"

"No, no vi ninguna imagen... ¿de qué hablas? Sólo sé que empezaste a convulsionar como loco y a mi casi se me cae el niño, y luego sentí la explosión de ese rayo azul. Y ahora los ojos de Eloy cambiaron de color, casualmente al mismo color del rayo azul. No entiendo qué pasa, pero definitivamente algo extraño está pasando. Vamos al departamento para que te acuestes y me cuentes sobre esas imágenes que viste."

Una vez en el departamento, Josune recibió una llamada de la compañía de mudanzas que habían contratado. Ya habían llegado al edificio con sus cosas. En los rostros de los empleados que subieron los muebles y las cajas, se notaba la confusión y el miedo por la persistente oscuridad. Luego de darles una generosa propina, y cerrar la puerta tras ellos, Helen acostó al bebé en su cuarto para que durmiera una siesta. Luego, ella y su esposo comenzaron a analizar lo sucedido. Llegaron a la conclusión de que el pequeño Eloy era más especial de lo que ellos estaban dispuestos a admitir. Concluyeron también que los acontecimientos sucedidos en el ascensor eran un mensaje del universo de que algo nuevo estaba pasando, algo estaba cambiando. Y los padres de Eloy comenzaron a sentir miedo.

Después de esto, tomaron la decisión de quedarse en el departamento organizando sus cosas, y no salir hasta ver qué estaba pasando. Eran alrededor de las diez de la mañana del 14 de febrero de 2001. Josune tomó una caja que contenía juguetes de su hijo y se dirigió con ella al cuarto de Eloy. En cuanto entró, se dio cuenta de que el pequeño no estaba solo. Había dos cuerpos luminosos a los lados del niño. Uno de ellos se volteó hacia Josune y muy pausadamente caminó hacia él. Josune vio como de la silueta salían dos alas de luz, y completamente paralizado escuchó:

"Nada es imposible. Todo se puede hacer"

Inmediatamente Josune recordó esas palabras, que él mismo había recitado en el día del nacimiento de Eloy. Se cuestionó si aquello era demasiada coincidencia y pensó: "¿Será posible que estos dos seres siempre estuvieron ahí y que estas palabras fueron una inspiración divina?"

Mirando a los seres luminosos Josune les preguntó:

"¿Quiénes son? ¿Qué hacen aquí?"

Éstos no respondieron.

"¿QUIÉNES SON, Y QUÉ HACEN AQUÍ?" repitió, desesperado.

Helen al escuchar los gritos corrió hacia la habitación y encontró a Josune hablando en dirección a la cuna del pequeño.

"¿Qué pasa, Josune?" preguntó Helen, preocupada. Fue hasta la cuna y tomó en sus brazos al pequeño Eloy.

Josune, al escucharla llegar, le dijo: "Helen, dime ¿a quién ves? ¿Qué ves? ¿Qué pasa?"

El ser luminoso con forma de ángel se elevó ligeramente, y tocó los ojos de Josune. Él cayó nuevamente al suelo, convulsionando, ante los asustados gritos de Helen. Una vez más aparecieron ante los párpados cerrados de Josune las extrañas visiones, separadas entre sí por una pared negra, roja y blanca, como una lluvia de nieve y sangre en la noche. Josune tuvo siete visiones en total.

En la Primera, vio una gran cruz en el cielo y cientos de aviones de guerra sobrevolando la tierra, donde miles de personas peleaban y se mataban. Al desaparecer esta visión, surgió la tétrica pared.

En la Segunda visión, logró percibir a cuatro personas alineadas una junto a otra, suspendidas en el aire. La primera era un hombre de ojos y cabello blancos, vestido del mismo color; tenía el pelo largo y una mirada profunda. El segundo tenía pelo gris plateado corto, ojos negros y vestía una camiseta negra y botas negras, y un pantalón militar camuflado. En su brazo derecho, ostentaba una cicatriz. El tercero era un hombre de pelo negro, y ojos de un azul intenso, con un gesto muy serio. Vestía una camiseta negra y blue jeans con botas negras, y sus manos brillaban como si estuvieran listas para disparar rayos de energía. Éste también mostraba una cicatriz en el brazo derecho. El cuarto tenía una capucha azul, bajo la que brillaban sus ojos de un verde intenso; sostenía una lanza en sus manos. Estos cuatro seres estaban frente a un gran ejército liderado por cuatro jinetes, que también flotaban en el aire.

La pared roja, negra y blanca volvió a presentarse, esta vez con dos triángulos metálicos del mismo tamaño, uno dorado y uno plateado.

En la tercera visión, apareció un ángel con un ejército en los cielos, aniquilando a cada ser humano que lograba ver.

De nuevo apareció la pared, esta vez con dos cuadrados, uno blanco y uno negro.

En la cuarta visión, se encontró con una gran silueta oscura, sentada en un altar ubicado en una gran torre. Alrededor de esta torre había seis torres más, bastante más pequeñas que la del centro.

Después de esta visión, la pared apareció de nuevo, y esta vez Josune logró ver tres círculos. Las visiones eran progresivamente más confusas y abstractas, y más difíciles de comprender.

En la quinta visión vio una lanza y un escudo iluminados, rodeados de total oscuridad.

La pared apareció de nuevo, y esta vez formó cuatro cuadrados.

En la sexta visión vio un campo desierto, plagado de cadáveres; enseguida, una oscuridad profunda, y al final una luz, que latía cada vez más fuerte.

La pared apareció de nuevo. Esta vez formó un cuadrado luminoso, que se dividió en cuatro triángulos.

En la séptima visión, vio algo que no pudo comprender; millones de puntos de luz sobre la oscuridad, algo parecido a las estrellas alrededor del universo, en constante movimiento.

La pared apareció una última vez formando tres círculos ubicados en forma de pirámide, que rotaban en el sentido del reloj.

De pronto cesaron las visiones, y Josune, agotado, se quedó profundamente dormido.

Helen, aliviada de que las convulsiones se hubieran detenido, lo dejó dormir y se dedicó a arreglar su departamento. Mientras colgaba las cortinas de la sala, echó un vistazo al edificio vecino, y vio una pareja mirando hacia su ventana. Helen los ignoró y siguió trabajando; pero de vez en cuando los veía de reojo, y se encontraba con que ellos seguían mirándola fijamente, sin moverse. Luego de un rato, cuando ya se sentía bastante incómoda con la curiosidad de sus vecinos, decidió saludarlos con la mano, a ver cómo reaccionaban. La pareja le regresó el saludo. Helen sonrió débilmente y se alejó de la ventana.

Horas más tarde Josune abrió sus ojos, pero esta vez sólo pudo ver la luz procedente de la silueta de su hijo. Los seres luminosos habían desaparecido. Eran alrededor de las tres de la tarde, y seguían en completa oscuridad. Josune llamó a Helen, que estaba terminando de arreglar los libros en la estantería de la sala.

"¡Qué bueno que ya despertaste! Me tenías preocupada... ¿cómo te sientes?"

"Bien, supongo... me duele un poco la cabeza. ¿Dónde están las aspirinas? ¿Siguen en una de las cajas de la mudanza?"

"No querido, están en el espejo del baño... mientras dormías ya casi termino de organizar todo en el departamento. Por cierto, son las tres de la tarde y todavía no amanece. Y ahora sí cuéntame qué fue lo que te pasó... sino voy a creer que todo fue una excusa para no ayudarme a ordenar las cosas."

"Quizás lo que pasó está relacionado con la oscuridad", dijo Josune.

"En las noticias dicen que es algo raro, pero que pasa cada cierta cantidad de años, y que no hay que preocuparse. Lo que me tiene consternada es ¿por qué gritabas? ¿qué te estaba pasando?" le cuestionó Helen.

"Necesito que escribas todo lo que te voy a decir, es muy importante. Vi una especie de visión que tenía mucha relación con lo que me dijo el tipo que me quitó la vista."

Helen tomó el libro de páginas vacías y en la tercera página comenzó a tomar nota. Mientras escribía, se sorprendía de todo lo que le estaba contando, de los seres luminosos, de las siete visiones, de las figuras geométricas, de la luz, de la oscuridad, pero ya estaba registrando todo. Mientras escribía y escribía, intuía que esto cada vez iba a ser más complicado, y una vez que terminó, le pidió a Josune que la ayudara a organizar los libros de la estantería.

En eso se encontraban cuando fueron interrumpidos por el timbre. Helen se sobresaltó, y antes de abrir la puerta puso el libro de las visiones en una caja fuerte pequeña, donde guardaban sus documentos y cosas más importantes. Fue a abrir la puerta de la casa, y se encontró a la pareja que la había estado mirando por la ventana. Ella era de estatura baja, menuda, con rasgos finos y piel muy blanca, casi translúcida. Estaba notoriamente embarazada, y por el tamaño de su barriga, parecía que iba dar a luz en cualquier momento. Su ropa era demasiado colorida para el gusto de Helen, y llevaba su pelo negro peinado en dos moños a los lados de la cabeza. Él era bastante más alto que ella, delgado y taciturno, con el pelo corto y de color blanco.

Ella la saludó diciendo: "Hola, soy Delmy y él es mi esposo Wilus, y tenemos mucho que conversar. Estamos viviendo en el edificio de al frente, en el piso siete."

"Hola, mucho gusto, soy Helen, y mi esposo se llama Josune, pero en este momento está descansando y..."

"Nosotros sabemos por lo que están pasando. Bueno, verdaderamente tenemos una idea, de lo que me han contado, y creemos que podemos ayudarlos", dijo Delmy.

"¿Cómo? ¿A qué te refieres?"

Delmy la miró fijamente a los ojos y le dijo: "Tenemos mucho de qué hablar; como te habrás dado cuenta, yo estoy embarazada, y "la voz" me informó que ustedes llegaban hoy, y pronto llegarán más."

"¿Qué voz?" Helen ya estaba comenzando a asustarse.

A lo que Delmy respondió: "Aquella voz que siempre me habla, cuando no hay nadie en la habitación."

Made in the USA
Columbia, SC
31 August 2022

65670988R00074